K.L.A.R. Krimi

AF178945

Friederike Schmöe

VERSTECKSPIEL

Ein Jugendkrimi

🏠 Verlag an der Ruhr

IMPRESSUM

Titel
Versteckspiel
Ein Jugendkrimi

Autorin
Friederike Schmöe

Titelbildmotive
Gartenzwerg: © spacejunkie/photocase.de
Grashalme: © makuba – Fotolia.com
Fingerabdruck: © Hans-Joachim Roy – Fotolia.com
Gestaltung: Verlag an der Ruhr

Illustrationen im Innenteil
Kapitel-Icon: © Hans-Joachim Roy – Fotolia.com;
Lesepause-Icon: © Verlag an der Ruhr;
alle anderen: © Ansgar Lorenz

Druck
Heenemann GmbH & Co. KG, Berlin, DE

 **Verlag an der Ruhr**
Mülheim an der Ruhr
www.verlagruhr.de

Für Jugendliche ab 12 Jahre

© **2010 Verlag an der Ruhr,** Wilhelmstr. 20, 45468 Mülheim an der Ruhr
Nachdruck 2024
ISBN 978-3-8346-0735-5

ÜBER DIE AUTORIN

Friederike Schmöe wurde 1967 in Coburg geboren
und lebt heute in Bamberg.

Neben ihrer Tätigkeit als Dozentin an den Universitäten
in Bamberg und Saarbrücken schreibt sie seit dem Jahr 2000
Krimis und Kurzgeschichten.

Sie gibt Kurse in „Kreativem Schreiben" für Kinder und Jugendliche
und veranstaltet zahlreiche Literaturevents, auf denen sie in
Begleitung von Musikern und Schauspielern aus ihren Werken liest.

Internet: www.friederikeschmoee.de

DIE HAUPTPERSONEN

Maj ...

... ist 16 Jahre alt und lebt bei ihrer Mutter. Sie mag finnischen Symphonic-Metal und hasst Schrebergärten. In den Ferien jobbt sie manchmal in einem griechischen Imbiss, weil sie eigentlich ständig pleite ist.

Mats ...

... ist etwas älter als Maj.
Er ist von zu Hause abgehauen,
weil er keinen Bock auf
Schule und Ausbildung hat,
und lebt nun auf der Straße.
Er bezeichnet sich selbst
als „den begabtesten
Langfinger im Viertel",
was er Maj gleich
mehrfach vorführt.

Darüber hinaus tauchen auf:

Majs Mutter

Sie ist geschieden und kümmert sich seither alleine um Maj – viel zu viel, wie diese meint.

Kelly

Eine Klassenkameradin von Maj, mit der sie im Imbiss gearbeitet hat. Auf sie kann man sich verlassen, wenn's drauf ankommt.

Gila und Lars

Gila ist eigentlich Majs beste Freundin. Aber seit sie mit Lars zusammen ist, kennt sie kein anderes Gesprächsthema mehr als ihn.

Und außerdem:

Ein unbekannter Messerstecher, das Opfer der Attacke, eine geheimnisvolle Unbekannte mit Dreadlocks, Erato vom Imbiss, Mats' Freundin Erna, Kommissar Weber und noch einige Menschen mehr.

KAPITEL 1

Maj sah sich um. Lange Schlangen an
den Kassen. Stau am Kühlregal. Am späten
Nachmittag traten sich die Kundinnen und
Kunden im Supermarkt immer gegenseitig auf
die Zehen. Bei dem ganzen Stress wollten alle
nur so schnell wie möglich hier raus.
Maj griff nach einer Flasche Whisky und schob
sie unter die Jacke. Ging weiter, ganz cool.
Gerade wurde eine neue Kasse geöffnet.
Maj drängte sich vor und legte eine Packung
Kaugummi aufs Band, zahlte und verließ den
Markt.
Draußen war es dunkel. Die Straßenlaternen
tauchten nur den Parkplatz vor dem Supermarkt
in fahles Licht. An der Längsseite zur Hauptstraße
stauten sich die Autos. Doch als Maj auf die
kleinere Kanalstraße zuging, schien alles wie
ausgestorben. Echt nicht der Hit, im November
Geburtstag zu haben. Majs Party würde bei Lars
im Keller stattfinden. Sie hätte lieber draußen
gefeiert, mit Lagerfeuer und allem Pipapo. Wie
Gila im letzten Juni. So eine Fete konnte Maj sich
abschminken. Sie sah die Regenfäden im Licht
der Laternen über den Parkplatz wehen.

Die Neonleuchte über dem Eingang flackerte.
„He!", rief jemand hinter ihr her. Erschrocken
drehte sie sich um. Jetzt nur nicht in Panik
geraten. Maj zog die Schultern hoch und hastete
weiter. Drüben bei der Bushaltestelle warteten
Lars und Gila.
Nun freute Maj sich doch auf die Party.
Man wird ja nur einmal 16, dachte sie und
ging schneller.
Aber es kam alles anders.

Fast schon am Gehsteig angekommen, hörte
Maj Zweige knacken. Sie fuhr herum, sah zu den
wenige Meter entfernten Altglastonnen hinüber.
Kurz dahinter begann das Wäldchen.
Da lief ein Mann weg! Unerwartet drehte er sich
um und sah in Majs Richtung. Der Lichtkegel
einer Laterne fiel auf sein Gesicht. Maj blickte
direkt in seine Augen. Sie standen ungewöhnlich
eng zusammen. Er trug eine Mütze und einen
dicken Schal um den Hals. Unsicher taumelte er
rückwärts auf die Tonnen zu. Als die Finsternis
jenseits des Parkplatzes ihn beinahe verschluckt
hatte, hob er den rechten Arm und streckte Maj
seine Hand entgegen. Als zielte er mit einer
Pistole auf sie. Majs Herz machte einen Satz.

Irgendwie kam ihr der Typ bekannt vor. In seiner Hand sah sie etwas aufblitzen. Ein Messer? Blödsinn. Konnte gar nicht sein.

Schulterzuckend wandte sich Maj wieder um – und stolperte über etwas Weiches, Unförmiges. Sie keuchte auf und suchte Halt an der Ladefläche eines Pick-ups. Die Flasche Whisky rutschte ihr unter der Jacke raus und zerbrach auf dem Asphalt. Vor Schreck machte Maj noch einen Schritt vorwärts und stürzte. Ihre Hand fasste in etwas Nasses, Warmes. Entsetzt kroch sie einen Meter zurück und sah auf ihre Finger. Blutverschmiert! Vor ihr lag ein Mann zusammengekrümmt auf dem Boden. Er stöhnte leise. Majs Herz hämmerte wie verrückt. Was sollte sie jetzt tun? Drüben an der Bushaltestelle sah sie Gila und Lars ungeduldig von einem Fuß auf den anderen treten. Sie wollte hinüberrufen, aber aus ihrer Kehle kam kein Laut.
Der Verletzte röchelte. Maj rutschte noch ein Stück von ihm weg. Ausgerechnet jetzt waren kaum Leute auf dieser Seite des Parkplatzes.
„Wir müssen die Polizei rufen!", schrie eine Frau, die plötzlich neben Maj auftauchte. „Und einen Krankenwagen!"

Maj fing an zu zittern. Die Frau kniete neben ihr nieder und fummelte an der Kleidung des Verletzten.

„Bist du fit in Erster Hilfe?", fragte sie.

Maj schüttelte den Kopf. Als sie noch einmal einen Blick zu den Altglastonnen warf, war der Mann weg.

KAPITEL 2

„So, du bist also zufällig über das Opfer
gestolpert." Der Polizist, der sich als Theo Weber
vorgestellt hatte, musterte Maj aufmerksam. Sie
saß mit ihrer Mutter auf der Polizeiwache. Hatte
sich die Hände gewaschen, aber das Blut des
Mannes spürte sie immer noch an den Fingern.
„Ist er tot?", fragte sie leise.
„Nein." Der Polizist seufzte. Er war untersetzt,
hatte eine Glatze und kratzte sorgfältig das
Schwarze unter seinen Fingernägeln hervor.
„Aber schwer verletzt.
Du hast heute Geburtstag, wie ich deinem
Ausweis entnehme. Und du hast geklaut."
„Habe ich nicht." „Sondern? Wo kam die
Whiskyflasche her, die auf dem Parkplatz zu
Bruch gegangen ist, hm?"
Maj zuckte die Achseln. „Vielleicht hat der Typ
die Flasche fallen lassen."
Sie hoffte, Weber würde nicht merken, wie sie
innerlich zitterte. Ihre Mutter rutschte unruhig
auf dem Stuhl herum. Auf ihrer Stirn bildete
sich die typische, senkrechte Falte. Bis zur
Nasenwurzel. Ein Zeichen dafür, dass sie sauer
wurde.

Weber nahm eine Fernbedienung zur Hand und schaltete einen Fernseher an. Maj sah die Regalreihen des Supermarktes vor sich.

„Weißt du, was das ist?"

Maj verzog das Gesicht.

„Ein Überwachungsvideo", half ihr der Polizist auf die Sprünge. „Da sieht man, wie du dich am Regal für die harten Sachen bedienst."

Maj wurde heiß. Ihre Wangen glühten.

„Wussten Sie, dass Ihre Tochter klaut?"

Mit einem Seitenblick auf Majs Mutter drückte Weber auf ‚Stopp'.

Die Mutter sog scharf die Luft ein. „Maj!"

„Mom, bitte", stöhnte Maj.

„Das war nicht das erste Mal, oder?" Weber trommelte mit einem Bleistift auf den Tisch.

Maj schwieg. Nein. Es war nicht das erste Mal. Zu Lars' letzter Party hatte sie auch eine Flasche beigesteuert. Es war nicht so schwierig, etwas mitgehen zu lassen, wenn man sich erst mal überwunden hatte. Maj hatte zusammen mit ihrer Klassenkollegin Kelly im letzten Sommer als Aushilfe in einem griechischen Imbiss gejobbt. Doch das Geld war aufgebraucht. Ihre Mutter stand auf Sparsamkeit. Über mehr Taschengeld brauchte man mit ihr gar nicht zu diskutieren. Vor allem dann nicht, wenn Maj das Geld für

Alkohol ausgeben wollte. Das hätte sofort einen Riesenkrach gegeben.

„Maj, das darf doch nicht wahr sein", rief ihre Mutter. Die Falte auf ihrer Stirn wurde immer tiefer. Gleich würde sie ein paar Tränen abdrücken, damit Maj auch merkte, wie viel Kummer sie ihrer Mutter machte. Meine Güte, das ging ihr wirklich auf den Geist.

„Du kriegst eine Anzeige." Der Polizist raschelte mit mehreren Papieren. „Und Hausverbot im Supermarkt. Immerhin wissen wir, dass du den Mann auf dem Parkplatz nicht niedergestochen haben kannst."

„Ich muss Sie aber sehr bitten!", regte Majs Mutter sich auf.

„Lass, Mom", sagte Maj.

„Hast du etwas gesehen oder gehört, als du aus dem Markt rausgelaufen bist?", fragte Weber.

„Nein." Maj schob die Hände unter den Po. Ihr war kalt. Ihr Haar war noch feucht. Auf dem Parkplatz hatte sie eine halbe Ewigkeit herumgestanden, bis ihre Mutter kam und sie im Streifenwagen zur Polizeiwache fuhren.

Lars und Gila waren abgehauen. Hatten die beiden den Mann bei den Mülltonnen auch gesehen? Der auf sie gezeigt hatte? Und woher hatte sie nur das Gefühl, ihn zu kennen?

„Wirklich nicht?" Weber sah Maj aus kalten, blauen Augen an.

„Da war ein Mann", antwortete sie widerwillig.

„Der lief zu den Altglastonnen."

„Altglastonnen?"

„Die stehen am Rand vom Parkplatz. Richtung Kanalstraße." Maj überlegte blitzschnell.

Sollte sie sagen, dass der Mann sich umgedreht hatte, sodass sie sein Gesicht sehen konnte? Lieber nicht. Der Polizist würde sie nur weiter mit Fragen bombardieren.

„Ja? Wie sah der aus?"

„Groß und schlank."

„Kannst du ihn beschreiben? Gesicht? Kleidung?"

Maj krümmte sich innerlich zusammen.

Es war dunkel gewesen. Alles war ihr ganz unwirklich vorgekommen auf dem Parkplatz.

Sie hatte sogar einen Augenblick gedacht, der Mann auf dem Boden wäre tot.

„Er hatte dunkle Sachen an", flüsterte Maj.

Er hatte auf sie gezeigt, ihr direkt in die Augen gesehen. „Trug eine Mütze. So eine mit Bommel."

„Na gut. Es gibt noch eine Zeugin, die jemanden

weglaufen sah. Die kann ihn besser beschreiben. Wir lassen eine Phantomzeichnung anfertigen. Du hörst von uns." Weber reichte ihr eine Visitenkarte. „Falls dir noch was einfällt."

Er wandte sich ab und begann, auf einem Laptop zu schreiben.

„Ich nehme an, Sie brauchen uns nicht mehr?", fragte Majs Mutter.

„Sie können gehen!" Er wedelte ungeduldig mit der Hand.

Maj zuckte zusammen, als ihre Mutter sie am Arm nahm. Sie verließen das Büro und gingen den langen Korridor entlang zum Ausgang.

Maj machte sich los. Ihr Geburtstag war im Eimer. Aber noch schlimmer war, dass sie aus dem Grübeln nicht herauskam: Sie konnte sich einfach nicht erinnern, woher ihr der Mann vom Parkplatz bekannt vorgekommen war.

KAPITEL 3

Am Dienstag und Mittwoch durfte Maj
von der Schule wegbleiben. Sogar eine
Psychologin tauchte auf. Sie stellte Fragen, auf
die Maj einsilbig antwortete. Sie interessierte
sich dafür, wie es Maj ging und ob sie über alles
sprechen wollte.

„Nee, ist schon o.k.", antwortete Maj und spielte
mit ihrem Handy. Lars und Gila hatten kein
einziges Mal angerufen.

„Es ist normal, dass du einen Schock hast", half
die Psychologin. „Man fühlt sich dann ganz
aufgelöst, als wenn alles um einen herum nicht
wahr wäre. Ist das so?"

„Nö, eigentlich nicht", antwortete Maj. Von den
Albträumen wollte sie niemandem erzählen.
Da sah sie das Opfer in seinem Blut liegen, und
immer mehr Blut lief aus ihm heraus, floss über
ihre Füße und Hände.

„Wie geht es dem Mann, den ich auf dem
Parkplatz gefunden habe?", fragte Maj.

„Er hat schwere Stichverletzungen, aber er wird
durchkommen. Zum Glück wurde er schnell ins
Krankenhaus transportiert und gleich operiert.
Er muss allerdings eine Weile dort bleiben."

Maj hörte ihre Mutter draußen in der Küche herumräumen. Noch nie hatte sie so einen bescheuerten Geburtstag gehabt. Und ihr Vater hatte auch nicht angerufen. Seit er mit seiner neuen Frau zwei Kinder hatte, vergaß er alles, was mit seiner alten Familie zu tun hatte.

Als die Psychologin gegangen war, redete die Mutter auf Maj ein.

„Natürlich will ich, dass es dir gut geht. Aber wir müssen über diese andere Sache sprechen."

„Lass mich doch einfach in Ruhe!", wehrte Maj ab. „Dann geht's mir am besten." Sie hatte keine Lust, ständig ausgequetscht zu werden wie eine Zitrone. Am wenigsten von ihrer Mutter. Ab und zu sehnte sie sich einfach nach einem Platz, der weit weg von allem war und ihr allein gehörte.

„Du bist nicht nur rotzfrech und ungezogen. Du klaust auch noch." Die Mutter verschränkte die Arme vor der Brust. Die tiefe Stirnfalte schien auf ihrer Nasenwurzel zu balancieren wie ein Besenstiel. Sie erwartete eine Antwort. Maj hatte keine Ahnung, was sie sagen sollte.

„Warum, Maj? Wenn du Geld brauchst, rede mit mir. Wir müssen zusammenhalten. Du trägst auch Verantwortung mir gegenüber."

„Du hättest mir bestimmt Geld für Whisky
gegeben", platzte es aus Maj heraus.

„Sei nicht immer so schnodderig!"
Mit unterdrücktem Zorn strich die Mutter
sich ein paar Haarsträhnen aus der Stirn.
Das Gel, das sie sich in großen Mengen in die
Frisur schmierte, machte ihr Haar ganz stachelig.
Maj konnte sich erinnern, wie weich es früher
gewesen war, als sie klein war.

„Das ist alles der Einfluss von diesem Lars.
Ich will nicht, dass du Whisky trinkst, hast du
mich verstanden?"

„Wir trinken nicht viel", wich Maj aus.

„Wir mixen ihn."

„Was mixt ihr denn?"

„Ein paar Drinks halt. Jeder steuert was bei."

„Ich will das nicht, Maj. Nicht mit Lars. Du
weißt nicht einmal, was er dir da reinmischt.
Die Jungs …"

„Er mischt mir nichts rein!", fauchte Maj.

„Lass mich doch einfach in Frieden!" Gespräche
mit ihrer Mutter endeten immer in genau der
gleichen Sackgasse.

Maj rannte auf ihr Zimmer. Sie stellte ganz laut
Nightwish an. Wenn sie Musik hörte, wurden

ihre Gedanken ruhiger. Dann zerbrach sie sich
nicht mehr wegen jeder Kleinigkeit den Kopf.
Wem sollte sie schon erzählen, dass ihr der Täter
bekannt vorgekommen war? Kommissar Weber
kam nicht in Frage. Er hatte ihr Angst eingejagt.
Am liebsten hätte sie den grimmigen Mann mit
den schmutzigen Fingernägeln für immer
vergessen. Außerdem nagte das schlechte
Gewissen wegen der Whisky-Flasche an ihr.
Sie überlegte, ob sie Gila anrufen sollte.
Mit Gila konnte sie eigentlich ganz gut reden.
Doch seit Gila mit Lars zusammen war, hatte
ihre Freundschaft einen Knacks bekommen.
Gila quatschte nur noch über ihren Typen.
Wie sie ihm verliebte Smileys simste, Weihnachts-
geschenke aussuchte und all so was. Das war Maj
wirklich komplett egal. Lars war ganz o.k., aber
so weltbewegend, wie Gila ihn fand, war er
auch wieder nicht.
Ihre Mutter klopfte. „Kann ich reinkommen?"
Maj drehte sich auf den Bauch. „Nein",
murmelte sie in ihr Kissen. „Nein, nein, nein."
Wenig später hörte sie ihre Mutter im Wohn-
zimmer telefonieren. Sie stellte die Musik leiser,
um lauschen zu können.
„Sie ist immerhin deine Tochter!", sagte die
Mutter. „Selbst wenn du dich nicht mehr für sie

interessierst, hast du immer noch eine Verantwortung."
Na super, dachte Maj. Das fehlte gerade noch,
dass ihr Vater hier hereinschneite und sie wegen
der Sache mit dem Klauen rund machte. Sollte
er doch bei seiner neuen Frau und seinen
Zwillingen bleiben.

Als Maj später im Bett lag, konnte sie lange
nicht einschlafen. Immer wieder sah sie auf den
Radiowecker neben ihrem Bett. Stunde um
Stunde verstrich. Irgendwann fiel sie in einen
unruhigen Schlaf, in dem der Mann, den sie bei
den Altglastonnen gesehen hatte, auf sie zeigte.
Und plötzlich hatte er ein Messer in der Hand
und kam auf Maj zu. Sie wich zurück, stürzte
und sah den Kerl hoch über sich aufragen.
Maj versuchte, rückwärts über den Boden zu
kriechen. Nur weg von ihm, weg! Mit einem Mal
war das Messer in seiner Hand zu einer Pistole
geworden. Sie hörte Schüsse. Einen. Zwei. Drei.
Maj schrie auf. Schweißnass fuhr sie hoch. Es
dauerte ein paar Sekunden, bis sie mitbekam,
dass das laute Hämmern von der Tür kam.
„Maj, was ist los? Schließ bitte auf!" Die Stimme
ihrer Mutter überschlug sich.

Maj sah auf die Uhr. Halb vier! Sie fror. Im Schlaf hatte sie die Decke zu einem Knäuel geformt und unter ihren Bauch geschoben.

„Alles o.k., Mom! Ich habe nur schlecht geträumt."

„Maj, mach bitte auf." Ihre Mutter rüttelte an der Klinke, aber Maj antwortete nicht. Sie wollte nicht, dass ihre Mutter hereinkam, sich zu ihr aufs Bett setzte und die Ich-bin-doch-deine-Mutter-Show abzog.

Sie würde Maj ohnehin nicht verstehen.

„Alles o.k.", rief Maj noch einmal und kuschelte sich unter ihre Decke.

Leise murmelte sie: „Geh einfach weg."

KAPITEL 4

„Boa, und ich dachte, der Typ wäre tot!"
Lars stöpselte seinen MP3-Player aus den Ohren
und zog Gila fester an sich. Gila grinste blöd.
Es war halb acht. Der Morgen war trüb und kalt.
Sie standen an der Bushaltestelle gegenüber vom
Supermarkt. Mit gemischten Gefühlen sah Maj
zu den Altglastonnen. Da flatterten noch ein
paar zerfetzte rot-weiße Bänder von der
Polizeiabsperrung.

„Ich kriege eine Anzeige", stöhnte sie. Ihre
Mutter war ihr ständig damit auf den Geist
gegangen, hatte noch zwei Mal versucht, sie
in ein Gespräch zu verwickeln und ihr ins
Gewissen zu reden, aber Maj war in ihrem
Zimmer abgetaucht. Im Grunde war sie ganz
froh, dass sie an diesem Donnerstag wieder zur
Schule musste.

„Halb so schlimm", unkte Lars. „Musst halt
beim nächsten Mal 'n bisschen cleverer sein."
Als wenn sie sich dumm angestellt hätte! Sollte
Lars doch selbst den Whisky klauen, wenn er es
so gut konnte.

„Es war einfach ein blöder Zufall", half Gila aus.
Pfff, machte Maj im Stillen. Zufall vielleicht,

aber Gila und Lars waren fein raus. Auf sie
wartete keine Anzeige, sie hatten kein Hausverbot im Supermarkt. Am schlimmsten war, dass
Maj keine Ahnung hatte, wie alles weitergehen,
welche Strafe sie bekommen würde. Dann waren
da die Albträume. Heute früh hatte sie überlegt,
ob sie Gila einweihen sollte. Irgendwoher kannte
sie diesen Mann, der dort drüben bei den
Tonnen gestanden und sich zu ihr umgedreht
hatte. Ein Schauer jagte über Majs Rücken.
Lars küsste Gila. Ziemlich lange. Maj verdrehte
die Augen. Zum Glück kam der Bus, und als sie
einstiegen, musste Lars sich von Gilas Lippen
lösen.

In der Pause tauchte Frau Stefany, Majs
Deutschlehrerin, neben Maj auf. Wenn sie Hilfe
bräuchte, könnte Maj sich gerne an sie wenden.
Du liebe Zeit, dachte Maj nur. Frau Stefany
war wirklich die Letzte, der sie irgendetwas
Persönliches erzählen würde.
Auch Lars nervte gewaltig. Er prahlte überall mit
Majs Erlebnissen herum und schmückte sie in
den buntesten Farben aus. Als seien sie ihm
zugestoßen und nicht Maj. Dass er und Gila bloß
an der Bushaltestelle gewartet hatten, während

der Mann niedergestochen wurde, schien Lars auszureichen, um sich als Held aufzuspielen.

„Wenn du alles so genau beobachtet hast, warum seid ihr dann abgehauen, ohne der Polizei was zu sagen?", fragte Maj spitz, als sie mittags im Bus saßen.

„Komm schon, Maj!" Wie üblich nahm Gila Lars in Schutz. „Wir haben doch gar nichts mitgekriegt. Es war alles total dunkel."

„Aber eure große Klappe aufreißen, das könnt ihr!" Maj wusste selbst nicht, warum sie mit einem Mal so aggressiv war.

„He, bist du stinkig, weil wir uns abgeseilt haben, als die Bullen kamen?" Lars lachte.

„Das haben wir geschickt gemacht, was? Eng umschlungen ganz gemächlich weitergegangen. Total relaxt. So fällt man nicht auf."

Maj hätte am liebsten ihren Kopf gegen die Fensterscheibe gerammt. Mann, war der bescheuert. Sie hörte Gila kichern, und dann waren die beiden wieder mit Knutschen beschäftigt.

Als sie ausstiegen, schlug Lars vor, im Supermarkt Chips und Nachos zu besorgen, um Majs Geburtstag am Abend nachzufeiern.

„Super, Mister Oberschlau!", sagte Maj wütend.
„Mir geben sie in dem Laden nichts mehr, schon vergessen?"
„Wir könnten das ja für dich übernehmen.
Oder, Gila?"
Die beiden zogen turtelnd davon. Maj sah ihnen nach, wie sie über den Parkplatz schlenderten und alle paar Meter stehen blieben, um sich ausgiebig zu küssen. Das konnte noch Stunden dauern. Plötzlich wurde ihr schwindelig.
Wollte Lars das Knabberzeug mitgehen lassen?
Oder hatte er vor, die Sachen zu bezahlen?
Maj verspürte nicht mehr die geringste Lust auf eine Fete mit den beiden.
„Viel Spaß auch", murmelte sie und ging nach Hause.

Normalerweise brauchte sie nur eine Viertelstunde von der Haltestelle in den Herzogsweg, wo sie mit ihrer Mutter in einem Reihenhaus wohnte. Aber heute zog sich der Fußweg hin. Als Maj endlich die Tür aufsperrte, schoss ihre Mutter auf sie zu.
„Wo warst du so lange?"
„Was denn!" Maj schleuderte ihren Rucksack in eine Ecke. Das fing ja schon wieder gut an.

„So geht das nicht weiter, Maj. Ich habe mir Sorgen gemacht."

„Ich war mit Gila und Lars zusammen. Die sind noch in den Supermarkt …" Maj brach ab. Allein das Wort ‚Supermarkt' ließ sie frösteln. Als wenn diese schreckliche Geschichte sie einfach nicht losließ.

„Wir müssen reden, Maj!" Die Mutter hatte rotgeränderte Augen. Auf ihrer Stirn zeichnete sich die altbekannte Falte ab. „Ich kann das nicht akzeptieren. Dass du klaust. Und noch dazu Alkohol! Das ist …"

„Kommt nicht wieder vor." Maj verschränkte die Arme vor der Brust.

„Wie oft hast du das schon gemacht, hm?" Die Mutter schüttelte den Kopf. „Dass meine Tochter eine Diebin ist, das hätte ich mir nie träumen lassen. Ich habe mir das immer so schön vorgestellt: eine Tochter zu haben …"

Maj biss sich auf die Lippen. War ja nichts Neues, dass sie den Ansprüchen ihrer Mutter nicht genügte.

„Hast du Probleme? In der Schule?"

„Lass mich einfach."

„Machst du dich wegen Gila und Lars verrückt? Die beiden sind sowieso kein Umgang für dich. Lars ist ein Großmaul, und Gila …"

„Was weißt du denn über meine Freunde!",
schrie Maj. „Du siehst doch nur, was du sowieso
sehen willst. Damit du auf alle Fälle recht hast
mit deiner Meinung!"
„Nicht in dem Ton!"
„Nur über meine Freunde herziehen, das kannst
du." Alles in Maj wurde unerträglich heiß.
Ihr Herz hämmerte wie verrückt.

Die Mutter stöhnte, als müsste sie sich stark
zusammenreißen, um die Geduld mit Maj nicht
zu verlieren. „O.k. Manchmal reagiere ich einfach
zu heftig." Sie atmete tief durch. „Lass uns
heute Nachmittag in die Schrebergartenkolonie
rausfahren. Wir müssen das Häuschen noch
winterfest machen. Dann können wir dort in
Ruhe über alles sprechen."
Auch das noch! Maj hasste den Schrebergarten.
Sie konnte sich nicht erinnern, die Sonntage ihrer
Kindheit irgendwo anders verbracht zu haben als
auf der handtuchgroßen Parzelle, wo ihre Mutter
Karotten, Lauch und Zwiebeln zog und alberne
Gartenzwerge zwischen den Blumen standen.
Umgeben von anderen Minigärten, wo die Leute
nebenan genau dasselbe taten. Und einander
währenddessen misstrauisch beäugten.

„In Ordnung", sagte Maj. Wie sie das alles verabscheute. Mit einem Mal stand sie an einem Punkt, an dem sie endgültig die Nase voll hatte. In ihrem Kopf war plötzlich alles ganz klar, wie durchsichtig. Sie nahm den Rucksack und ging zu ihrem Zimmer. „Ich räume nur schnell meine Sachen auf."

Danach war alles einfach. Maj kippte die Schulsachen aus dem Rucksack und packte stattdessen einen warmen Pullover, Wäsche, Socken, eine Taschenlampe und ihren Ausweis hinein. Man konnte nie wissen.

„Maj, in zehn Minuten gibt es Essen!", hörte sie ihre Mutter aus der Küche rufen.

„O.k.!", antwortete Maj. Im Schreibtisch verwahrte sie eine Schachtel mit Kleingeld. Sie schüttelte die Münzen in ihren Geldbeutel. Dann schlich sie die Treppe hinunter. Hörte ihre Mutter mit dem Geschirr hantieren.

Der Duft von frisch gebratenen Frikadellen hing in der Luft. Aber Maj hatte keinen Appetit. Sie öffnete die Haustür und trat hinaus. Leise zog sie die Tür hinter sich zu und ging eilig zur Bushaltestelle. Sie nahm den nächsten Bus in die Innenstadt und stieg zweimal um.

Unterwegs schickte sie ihrer Mutter eine SMS, dass sie eine Weile allein sein wollte. Dann schaltete sie ihr Handy aus.

KAPITEL 5

Irgendwann landete sie in einem Viertel am Stadtrand. Es grenzte an einen Park, der sich wie ein langer grüner Schlauch rechts und links des Flusses aus der Stadt zog.

Im Sommer war hier immer was los, man konnte Kajak fahren, baden oder den Uferpfad entlangjoggen.

Maj war im vergangenen Frühling mit der Schule hier gewesen. Damals hatte sie auch das alte Bootshaus in einer schmalen Bucht am Fluss entdeckt.

Jetzt im November lag alles verlassen. Ein fast voller Mond lugte durch die Wolkendecke.

Maj lief ein Stück am Ufer entlang, musste aber ausweichen, weil der Boden unter ihren Füßen immer matschiger wurde.

Mit nassen Füßen kam sie zum Bootshaus.

Sie brauchte einen Ort, an dem sie zu sich kommen konnte. Einen geschützten Raum, der ihr allein gehörte. Wo sie niemanden reinlassen musste, wenn sie nicht wollte. Wo keine Psychologin auf Verständnis machte und ihre Mutter nicht einfach reinkam oder ständig anklopfte.

Das Holzhaus im Schatten der Trauerweiden erschien ihr wie ein stilles Paradies.

Die vordere Tür zum Bootshaus war fest verschlossen. Aber Maj wusste, dass man auch von der Flussseite aus reinkam. Das Holzhaus war ins Wasser hineingebaut. Der vordere Teil stand auf festem Grund, der hintere auf Pfählen im Fluss. Die Faltbootler und Kanufahrer glitten im Sommer von den Anlegestegen im hinteren Teil des Hauses mit ihren Booten direkt aufs Wasser. Maj zog Schuhe und Strümpfe aus, krempelte die Jeans hoch und watete in das flache Uferwasser. Es war eiskalt. Ihr Atem ging schnell. Maj drückte gegen das große Tor, das von der Flussseite ins Innere führte. Verschlossen. „Scheiße!" Maj zitterte vor Kälte. Sie sah hoch. Das Tor lief in einer Schiene. Sie stakste ein Stück durch den weichen Flusssand, um es von der anderen Seite anzuschieben. Dort war es zwar mit einer Kette verschlossen, aber das Vorhänge- schloss war völlig verrostet. Maj schlug es ein paar Mal gegen die Holzwand. Es sprang sofort auf. Keuchend löste Maj die Kette, schob die Tür ein Stück zur Seite und schlüpfte durch den Spalt.

Der Lichtkegel ihrer Taschenlampe schnitt durch die Dunkelheit. Maj warf ihren Rucksack auf den Anlegesteg und stemmte sich hoch.

„Uff", ächzte sie und massierte ihre eiskalten Füße. Jetzt galt es, ein trockenes Plätzchen zu suchen, um warm zu werden. Das Wasser leckte ganz leise an den Pfosten, an denen im Sommer die Boote vertäut waren. Jetzt lag nur ein einziges Kanu da und schaukelte sacht. Maj lief über die Planken. Eine Tür führte ins Innere, weg vom Wasser. Daran baumelte ein Vereinswimpel. Faltboot e.V. stand darauf. Maj legte die Hand auf die Klinke. Die Tür war nicht verschlossen.

Sie trat in das Zimmer.

Plötzlich hörte Maj ihren eigenen Atem ganz laut. Sie leuchtete in den Raum. Ein Kühlschrank stand dort, ein runder Tisch mit einem vertrockneten Blumenstrauß und ein paar Stühle.

Maj schloss die Tür hinter sich und drückte den Lichtschalter. Nichts passierte. Auch der Kühlschrank lief nicht. Maj riss ihn auf.

Mineralwasser und Bierflaschen lagen darin.

Das Fenster war verrammelt. Maj ahnte, dass es zur Landseite hin zeigte. Umso besser, wenn keiner sie von dort sehen konnte. Eine zweite Tür führte in ein anderes Zimmer. Dort standen zwei Pritschen, ein Schrank und ein riesiger Sessel, auf dem jemand einen Stapel Zeitungen abgelegt hatte. Maj hob sie auf und sah auf das Datum. September dieses Jahres. Anscheinend war seither niemand mehr hergekommen. Umso besser. Maj warf die Zeitungen auf den Boden und ließ sich in den Sessel fallen. Sie schlüpfte in Socken und Schuhe und bewegte ihre Zehen, um sie warm zu kriegen. An der Wand entdeckte sie einen Sicherungskasten. Eine Spinne hatte ihr Netz drübergewebt.

„Sorry", sagte Maj, als sie aufstand und den Kasten öffnete. Mit einem ‚Klick' legte sie den großen Schalter um. Das Licht flammte auf, und Maj hörte, wie im Raum nebenan der Kühlschrank ansprang. An der Wand gegenüber zeichnete sich ein helles Viereck ab; eine Tür, die Maj noch nicht entdeckt hatte. Sie stieß sie auf, stand vor einer Kloschüssel und einem winzigen Waschbecken. „Wer sagt's denn!" Maj lachte.

Sie hatte nicht vorgehabt, im Bootshaus zu übernachten. Jedenfalls nicht, als sie sich am Mittag von zu Hause abgeseilt hatte. Aber jetzt erschien ihr das still gelegene Holzhaus wie der

Himmel. Endlich konnte sie in Ruhe über alles nachdenken. Die Leere um sie herum fühlte sich genau richtig an. Gar nicht gefährlich oder beängstigend. Die heruntergekommenen Wände strahlten eine tiefe Ruhe aus. Maj ging hinaus auf den Anlegesteg, um das Wasser schwappen zu hören. Ein Gefühl von Frieden überkam sie. Niemand war hier, um sich einzumischen oder sie verrückt zu machen. Auch die Sache auf dem Supermarktparkplatz war mit einem Mal weit weg. Als sei das alles schon lange her. Maj merkte, wie müde sie war. In einem Schrank entdeckte sie Kekse und zwei Decken. Sie kuschelte sich in den Sessel, knabberte ein paar Kekse und fiel bald in einen traumlosen Schlaf.

KAPITEL 6

Früh am nächsten Morgen wachte Maj auf.
Sie fühlte sich ausgeschlafen, nur die Kälte
und Feuchtigkeit, die vom Fluss ins Haus
drangen, saßen in ihren Knochen. Sie brauchte
dringend was Warmes.

Das ist eigentlich wie ein Urlaub. Ein Urlaub
nur für mich, dachte Maj vergnügt, als sie, die
Hände tief in den Jackentaschen vergraben, zur
Bushaltestelle lief. Sie wusste schon, wo sie sich
ein Frühstück besorgen konnte: im griechischen
Imbiss, der nur drei Stationen weiter lag.

Am Morgen traten sich dort die Leute auf die
Zehen, wollten einen schnellen Kaffee, bevor
sie zur Arbeit gingen. Erato, die Chefin, stand
persönlich hinter dem Tresen. Ihr Haar war noch
kürzer geschnitten als im Sommer und eisgrau.
Der Kontrast zu ihren tiefschwarzen Augen gab
ihrem Gesicht etwas Strenges.

„Warum bist du nicht in der Schule?" Erato
stellte Maj einen Becher Tee hin. „Ein Sandwich?
Oder was Süßes?"

„Ich habe eine Freistunde", murmelte Maj. „Und
ein Sandwich wäre klasse." Sie wusste, dass es
Erato herzlich egal war, wo sich irgendjemand

herumtrieb. Mit ihrem Geschäft hatte sie bis
über beide Ohren zu tun.

„Guten Appetit!" Mit Schmackes schob Erato
ihr den Teller zu. Er rutschte über die blank
gewienerte Theke. Maj konnte ihn gerade noch
festhalten.

‚Klick' machte plötzlich etwas in ihrem Kopf.
Das war ihr doch im letzten Sommer auch
passiert! Auf der Kundenseite war die Theke
leicht abschüssig, die Teller gerieten manchmal
ins Rutschen, wenn man sie zu temperamentvoll
hinüberreichte. Und bei einem ihrer Kunden war
der Kuchen mitten auf der Seidenkrawatte
gelandet. Maj dachte gar nicht gern daran.
Wie peinlich das gewesen war, Erato musste dem
Mann die Reinigungskosten bezahlen, aber er
hatte das Missgeschick mit Humor genommen.
Maj kaute an ihrem Sandwich, dann hielt sie
inne. Dieser Mann mit der Krawatte … er hatte
genau solche eng stehenden Augen gehabt wie
der auf dem Parkplatz. Sie nahm einen großen
Schluck Tee. Konnte das stimmen? Sie schloss die
Augen. Sie konnte sich täuschen, das war Maj
klar. Es war ein paar Monate her, dass sie hier
gejobbt hatte. Trotzdem war sie sich plötzlich

sicher, das Gesicht des Täters in Eratos Lokal gesehen zu haben. Im letzten Sommer war er sogar beinahe täglich Gast im Imbiss gewesen.

Sie stellte den Teebecher ab. „Erato, da kam doch öfter ein Mann hier vorbei. Mit so eng stehenden Augen." Maj deutete den kurzen Abstand mit den Zeigefingern an. „Letzten Sommer." Sie hatte sich sogar einige Male mit dem Typen unterhalten, während sie ihm seinen Mokka gebraut hatte. Genau: Griechischer Mokka und ein Stück Kuchen waren sein Stammessen gewesen. Er brauchte schon nichts mehr zu bestellen, im Imbiss war bekannt, was er üblicherweise bekam. Und die Panne mit dem Kuchenteller hatte eine Verbindung zwischen Maj und diesem Mann hergestellt.
„Hübsche, hier kommen Hinz und Kunz vorbei. Meinst du, ich merke mir, wer wie aussieht?", fragte Erato und begann, Äpfel für ihren beliebten Obstsalat zu schälen.
Maj hatte mit ihm über Schrebergärten gelästert. Plötzlich stand alles glasklar vor ihr: Er hatte sie gefragt, weshalb sie in den großen Ferien arbeitete. ,Besser, als im Schrebergarten rumzuhängen!', hatte Maj entgegnet.

„Du weißt doch, ich bin oft weg", fügte Erato
hinzu. „Der halbe Vormittag geht für den
Einkauf im Großmarkt drauf." Sie bediente
die Kaffeemaschine mit raschen, energischen
Handbewegungen, räumte das gebrauchte
Geschirr in die Spülmaschine, warf die
Obstschalen weg, legte frischen Kuchen nach.
Wie es schien, tat sie alles auf einmal. „Kelly hat
in den Herbstferien eine Woche ausgeholfen.
Ihr geht doch in die gleiche Klasse? Was war
denn mit dir? Hattest du keine Lust, bei mir zu
arbeiten?"

„Ein anderes Mal wieder", sagte Maj. Sie hatte
zwar darüber nachgedacht, bei Erato zu jobben,
um endlich wieder zu Geld zu kommen. Doch
ihre Mutter war dagegen, wegen der Noten.
Maj winkte kurz und ging.
Die Schule musste heute ausfallen. Sie fühlte sich
einfach nicht im Stande, Gila, Lars oder Frau
Stefany über den Weg zu laufen.

Maj ging zur S-Bahn-Station. Der Tag dehnte
sich vor ihr ins Unendliche. Was sollte sie mit sich
anfangen? Heimgehen – einfach so? Den Ärger
wollte sie sich ersparen. Irgendwie mündete
das alles in eine Sackgasse.

„Wenn ich dir einen Tipp geben darf", sagte jemand hinter ihr, „steck deinen Geldbeutel nicht in die hintere Jeanstasche. Schaut bescheuert aus. Außerdem angelt den jeder sofort raus."

Maj fuhr herum. Ein Junge stand vor ihr, groß und schlaksig, kaum älter als sie selbst, mit dickem, strubbeligem Haar, und hielt verschmitzt grinsend ihr Portmonee in der Hand.

„Was soll der Scheiß!"

„Kleine Nachhilfestunde im richtigen Umgang mit Wertsachen." Er lachte. Maj konnte ihm nicht böse sein. Sie mochte seine Stimme; sie war ein bisschen rau und sehr dunkel. Rasch riss Maj ihm die Geldbörse aus der Hand. „Machst du das beruflich?"

Er deutete eine Verbeugung an und sagte gespielt hölzern: „Gestatten, Mats, Taschendieb."

Maj grinste. „Ich hab nicht viel Geld dabei."

„Habe ich gesehen. Das Portmonee ist fett wie Fleischwurst. Massig Münzen, keine Scheine."

Sie streckte ihm die Zunge raus.

„Bist du auch so aus allem raus?" Mats legte den Kopf schief und sah sie an. Schmale Augen, eine lange, feine Nase. Er wirkte wie ein exotischer Vogel. Sein langer Körper steckte in einer ausgefransten Skaterhose, über die sich ein dicker, selbst gestrickter Pulli stülpte. Ein

schmutziger Parka hing über seinen knochigen
Schultern.
„So aus allem raus?" Maj verstand nicht, was
er meinte.
„Easy! Ich lade dich zum Frühstück ein", schlug
Mats vor. „Dann erklär' ich dir alles."

Zehn Minuten später saßen sie auf dem
Bahnsteig auf einer Bank, kauten jeder einen
Amerikaner und tranken Milchkaffee.
„Ich bin nicht aus allem raus", erklärte Maj
plötzlich. „Nur abgehauen."
„Ich hänge hier schon seit Wochen ab",
berichtete Mats großspurig. „Kenne diesen
Bahnhof in- und auswendig."
Maj schien es bereits jetzt, als wolle der
Vormittag nicht enden. Beim besten Willen
konnte sie sich nicht vorstellen, wochenlang
an der S-Bahn herumzustromern.
„Warum?", fragte sie.
„Einfach so." Mats klopfte Krümel von seiner
Hose. „Hatte auf nichts mehr Lust und so.
Schule war öde. Dann wollten meine Eltern,
dass ich eine Lehre mache. Noch ätzender!
Und wovor bist du auf der Flucht?"
„Ich hab Ärger mit der Polizei."

„Ojojoj, die Bullen. Wo haben sie dich denn gekratzt?"

Maj musste wieder lachen. Dieser Mats drückte sich echt lustig aus. Nicht so hochnäsig wie Lars. Für Mats schien alles eher witzig zu sein.

„Ich habe gesehen, wie jemand fast ermordet wurde. Bloß vorher, da habe ich im Supermarkt eine Flasche mitgehen lassen. Kam natürlich alles raus."

„Wegen einer Flasche machst du dich verrückt?"

Genau jetzt fiel Maj auf, dass die Diebstahlsanzeige sie gar nicht mehr ängstigte.

Schlimmer war das Gesicht des Mannes mit den eng stehenden Augen.

„Weißt du, ich glaube, ich kenne den Angreifer. Es ist mir nur nicht gleich eingefallen."

Maj hatte ihren Amerikaner längst aufgegessen. Sie war immer noch hungrig. Wie lange würde ihr Bares reichen?

„Wie kommst du zu Geld?", fragte sie neugierig.

„Ganz einfach: Ich nehme es mir." Mats streckte seine Hände vor. „Hier siehst du die Werkzeuge des begabtesten Langfingers im Viertel."

Er senkte die Stimme. „Ist der Mörder hinter dir her?"

Maj bekam einen solchen Schreck, dass sie den leeren Kaffeebecher fallen ließ. „Daran habe ich noch gar nicht gedacht." Diesen Gedanken hatte sie weit hinten in ihrem Kopf vergraben. Um weniger Angst zu haben. Um sich die ruhige Nacht im Bootshaus nicht zu verderben. Aber jetzt schlängelte er sich heran.

„Immerhin bist du eine wichtige Zeugin. Bist richtig unbequem für ihn. Sogar gefährlich. Wenn du ihn wiedererkennst und bei der Polizei anschwärzt … Warte mal."

Mats verschwand in der Bahnhofshalle und kam kurz darauf mit einer Zeitung zurück.

„War es der?"

„Hast du die Zeitung geklaut?"

Achselzuckend deutete er auf ein Phantombild.

„In dem Artikel steht, die Polizei bittet die Bevölkerung um Mithilfe."

„Ich habe den Typen ja nur im Dunkeln gesehen." Maj zögerte. „Aber er könnte es gewesen sein." Konzentriert betrachtete sie das Bild. Die eng stehenden Augen. Stirn und Wangen wie aus Holz geschnitzt. Ein starrer, strenger Blick. Lange Koteletten. Jetzt kamen die Erinnerungen zurück, überdeutlich.

Als wolle ihr Gedächtnis mit einem Mal all die Kleinigkeiten loswerden, an die sie sich bislang nicht erinnert hatte. Maj zog die Schultern hoch. Die Angst war kalt wie Eis.

„Ich habe mich im Park verschanzt", sagte sie leise. „Im Bootshaus. Kennst du das?"

„Super Versteck", nickte Mats anerkennend. „Dafür, dass du gerade mit dem Leben auf der Straße anfängst, bist du richtig clever."

„Und du? Wo bist du untergekrochen?"

Er hob die Schultern. „Mal hier, mal da."

Sie schlenderten über den Bahnhofsvorplatz. Die Sonne kam endlich heraus. Aber sie konnte die Kälte nicht vertreiben. Der Winter lag in der Luft.

Maj hatte Mats alles erzählt. Von der schrecklichen Szene auf dem Parkplatz, der Vernehmung bei der Polizei, der Psychologin, von dem Stress mit ihrer Mutter und mit Gila und Lars.

„Am besten, du findest den Täter selbst", schlug Mats jetzt vor und hängte sich bei Maj ein.

„Dadurch zeigst du den Bullen, dass du mit ihnen kooperieren willst. Im Gegenzug sehen die das mit der Anzeige nicht so eng."

Er machte zwei Schritte vor und hopste dann

ein paar Zentimeter zurück. Wieder und wieder.
Das sah aus wie ein verrückter Tanz.

„Meinst du?" Maj wurde gleich ein bisschen
leichter zu Mute.

„Na klar. Du hast doch gesagt, dass der Typ
oft im griechischen Imbiss frühstückt."

„Jedenfalls letzten Sommer."

„Eratos Kundschaft kommt vor allem von der
Computerfirma dort hinten." Er zeigte auf ein
mehrstöckiges Gebäude mit Glasfront.

„Kannst du mir glauben. Ich beobachte die
Gegend schon eine Weile. Hab alles im Blick."

„Bestiehlst du die auch?", fragte Maj und
kicherte.

„Ja, was glaubst du denn!" Mats lachte und
hielt Maj ihren Geldbeutel hin. „Diesmal aus
der Jackentasche." Er senkte den Blick und wirkte
fast wie Frau Stefany, wenn sie miserable
Klassenarbeiten zurückgab. „Steck ihn in die
Innentasche!"

Maj kam sich veralbert vor.

Schnell nahm sie ihr Portmonee und fragte: „Du
meinst, wir finden den Kerl dort in der Firma?
Wie sollen wir da überhaupt reinkommen?"

„Wir warten draußen. Zur Mittagspause
schwärmen die Computervögel aus. Heute
ist schönes Wetter. Du wirst schon sehen."

KAPITEL 7

Am Nachmittag hatten sie immer noch niemanden entdeckt, der auch nur annähernd dem Bild in der Zeitung glich. Stundenlang hatten sie den Firmeneingang im Auge behalten – umsonst.

Mats verlor die Geduld. Er hüpfte um das Glasgebäude herum. Neugierig kam Maj ihm nach. Auf der Rückseite befand sich eine riesige Grünfläche mit Spazierwegen und einem Teich in der Mitte. Eine Frau stand am Ufer und teilte ihre Brötchen mit den Enten.

„Hallo Mats!", sagte sie, ohne aufzuschauen. Ungerührt rupfte sie Brocken aus dem Gebäck und streute sie ins Wasser. Die Enten kämpften schnatternd um die Beute.

„Hallo Erna. Das ist Maj."

Erna trug das lockige Haar lang. Ihr Gesicht war durchfurcht von Falten, die tief in Stirn und Wangen schnitten. Bestimmt war sie viel älter als Majs Mutter.

„Gibt's nichts Neues unter der Sonne?", fragte Erna.

Mats hielt ihr die Zeitung unter die Nase.

„Kennst du den Typ hier?"

Gleichgültig warf Erna einen Blick auf das Phantombild, während ihre Finger die Brötchen zerkrümelten. „Klar. Klar kenne ich den!"

Majs Herz begann wie verrückt zu schlagen.

„Wer ist er?", fragte sie atemlos. „Arbeitet er hier?"

„Das kann ich dir nicht sagen", erwiderte Erna. „Aber er hat bis vor einigen Tagen an der S-Bahn eine große Show abgezogen. Romeo und Julia hat er gespielt."

„Erzähl mal!" Mats tänzelte aufgeregt vor Erna herum. Erst jetzt fiel Maj auf, wie mager er war. Ihr knurrte selbst der Magen. Seit heute Morgen hatte sie nichts mehr gegessen.

„Da ist eine Frau", begann Erna, warf das letzte Stück Brot ins Wasser und wischte sich die Hände am Mantel ab. „Eine schöne Frau mit langen Locken. Mit der war er zusammen. Ein Paar waren sie. Die beiden haben sich am S-Bahn-Gleis jeden Abend voneinander verabschiedet, als würden sie sich monatelang nicht wiederse-hen. Als müsste er ins All fliegen oder so. Herzzerreißende Szenen."

„Und dann?"

„Seit ein paar Tagen oder einer Woche, was weiß ich, ist sie nicht mehr zu sehen gewesen. Er war allein." Erna sah Maj forschend an.

Ihre Augen waren von einem wässrigen, fast durchsichtigen Grau. „Wird kalt heute Nacht", fügte sie hinzu. „Seht zu, dass ihr ein bisschen Wärme in den Leib kriegt."

Maj saß auf einer Bank auf Gleis 1 und beobachtete die ein- und ausfahrenden S-Bahnen. Auf ihrem Schoß lag die Zeitung mit dem Phantombild. Sie versuchte, mit dem Blick jeden Passanten zu erhaschen, der aus einer Bahn stieg oder ungeduldig auf den nächsten Zug wartete. Eine Frau mit Locken oder den Mann mit den eng stehenden Augen entdeckte sie nicht.

Als es draußen dunkel zu werden begann, spürte sie, wie müde sie war. Außerdem fror sie. Die Kälte kroch von allen Seiten durch ihre Kleider. Sie stellte sich vor, wie es jetzt wäre, einfach in den Bus zu steigen und nach Hause zu fahren. Aber das kam nicht in Frage. Nicht jetzt. Alles wäre nur wieder wie vorher. Der ständige Krach mit ihrer Mutter, die alles kontrollierte. Ein Leben wie eine Gefangene in ihrem Zimmer unter immerwährender Beobachtung. Maj wollte alles, nur das nicht.

Mats behielt das andere Gleis im Auge.

Ab und zu kam er zu Maj herüber, um ihr Gesellschaft zu leisten und sie mit witzigen kleinen Geschichten aufzuheitern. Dabei fuchtelte er wie wild in der Luft herum.

Wenn seine Hände Maj berührten, zuckte sie zusammen. Nicht, weil es weh täte. Sondern weil es sich gut anfühlte. Warm und eiskalt zugleich.

Ab und zu zog Mats davon, ‚um was zu besorgen', wie er sagte. Maj tastete nach ihrem Geldbeutel. Er steckte sicher in der Innentasche ihrer Jacke.

Maj fand, dass Mats ziemlich hibbelig war. Er konnte kaum ruhig sitzen oder stehen, war immer in Bewegung. Von sich selbst hatte er nicht viel erzählt, doch Maj mochte ihn irgendwie. Vielleicht, weil er so lustig sein konnte und viel lachte. Anders als sie es von Lars kannte, der meistens einen Flunsch zog und alles blöd oder minderwertig fand.

Maj stand auf, um sich die Beine zu vertreten und sich aufzuwärmen.

Zwei Polizisten kamen über den Bahnsteig.

Schnell senkte Maj den Blick. Ihre Mutter kam ihr in den Sinn und Weber und die Sache mit dem Whisky. Plötzlich überkam sie Wut auf Lars. Nur wegen ihm! Weil er sie heißgemacht hatte auf hochprozentige Cocktails. Nur wegen Lars hatte sie geklaut und steckte jetzt in der Patsche.

Mit klopfendem Herzen stand sie auf und fuhr mit der Rolltreppe in die Bahnhofshalle hinauf.

Da sah sie ihn.

Die gleichen, eng stehenden Augen. Das scharf geschnittene Gesicht. Lange Koteletten, die unter eine Strickmütze hervorwucherten.

Er hatte sie noch nicht entdeckt. Stand unschlüssig oben an der Rolltreppe und starrte auf die Anzeige mit den Abfahrtszeiten der Züge. Majs Herz schlug zum Zerspringen. Was sollte sie jetzt tun? Die Polizisten rufen, die unten auf dem Bahnsteig standen? Die Rolltreppe trug sie langsam aber sicher immer höher, genau auf den Mann zu. Wo steckte Mats?

Oben angekommen, sprang Maj von den Stufen. Sie räusperte sich. Sie musste den Typen einfach ansprechen. Ihn in ein Gespräch verwickeln, bis Mats wiederkam. Sie leckte sich über die Lippen. Jemand drängte sich an ihr vorbei.

„Mach doch Platz, Mensch!"

Maj strauchelte, als eine Frau sie von hinten anrempelte. Rasch trat sie beiseite.

Der Mann studierte immer noch die Abfahrts-
zeiten. Mats, wo bist du, dachte Maj verzweifelt.
Bog er da nicht am Eingang zur Halle um die
Ecke? Nein, der Junge war nicht Mats.

Maj stand wie angefroren da. Unfähig, sich zu
bewegen, suchte sie panisch die Halle ab.
Irgendwo musste sie Mats doch sehen! Aber er
schien wie vom Erdboden verschluckt.

Der Mann stand nun vor der Rolltreppe, die nach
unten führte, kramte in seinem Anorak, zog ein
S-Bahn-Ticket hervor und steckte es in den
Stempelautomaten. Maj atmete heftig. Sie würde
ihm folgen. Einfach folgen. In die S-Bahn steigen
und an seiner Haltestelle aussteigen. Dumm, dass
sie ihr Handy im Bootshaus gelassen hatte. Aber
egal. Sie machte ein paar Schritte auf ihn zu, um
ja nicht den Anschluss zu verlieren. Nun stand sie
fast neben ihm.

Auf Gleis 1 fuhr eine Bahn ein. Zwei Männer mit
Aktenkoffern kamen durch die Halle gerannt,
stürmten auf die Rolltreppe zu.

„Entschuldigung!", rief einer. Er streifte Maj mit
seinem Koffer. Sie schrie auf. Da richteten sich
die altbekannten, schrecklichen Augen auf sie.
Maj starrte zurück.

All ihre Entschlossenheit sackte in sich zusammen.
Sie wollte den Messerstecher nicht anschauen,

wollte nicht auf ihn achten, geschweige denn ihn ansprechen. Sie dachte nur daran, wegzulaufen. Doch die Angst lähmte sie. Sie sah die Klinge im Licht der Straßenlaternen in seiner Hand aufblitzen …

Er erkannte sie.

Ganz bestimmt erkannte er sie. Da war so ein Glimmen in seinem Blick.

Maj öffnete den Mund. Aber kein Laut rang sich aus ihrem Hals. Der Mann trat auf sie zu. Streckte die Hände aus, wie in Zeitlupe sah Maj seine schwarzen Handschuhe näher kommen. Sie wollte um Hilfe schreien, nach Mats rufen, aber sie schaffte es nicht. Dann war es zu spät, die großen Hände in den Handschuhen schnellten auf sie zu und stießen mit voller Wucht gegen ihre Schultern.

Maj taumelte, verlor das Gleichgewicht und stürzte die Rolltreppe nach unten. Bahnhofshalle, Werbeplakate, Anzeigentafeln und Menschen verwirbelten vor ihrem Blick. Sie hörte, wie Leute überrascht und verärgert aufschrien. Dann war für einen Moment alles schwarz und ganz still.

„Bist du in Ordnung? Ist dir was passiert?"
Eine junge Frau beugte sich über Maj.

Blonde Ponysträhnen fielen ihr ins Gesicht.

Maj rappelte sich hoch. Ihr Knie schmerzte.

Sie sah an sich herunter. Das rechte Hosenbein war an der Seite aufgerissen.

„Soll ich Hilfe holen?" Die Frau hörte sich wirklich besorgt an.

„Nein. Ich bin …" Maj runzelte die Stirn.

Sie wollte zu Mats. „Ich bin o.k."

Schnell stand sie auf und hinkte zur Rolltreppe. Auf keinen Fall sollten die Polizisten von vorhin sie sehen. Maj fuhr nach oben. Sie zitterte am ganzen Körper, aber das fühlte sich nicht schlimm an. Nicht so schlimm wie der stechende Schmerz in ihrem Knie. Nicht so schlimm wie die Angst. Reiß dich zusammen, dachte sie. Reiß dich jetzt einfach zusammen.

Oben angekommen, sah sie sich fieberhaft um. Kein Mats. Und auch der Mann, der sie die Rolltreppe hinuntergestoßen hatte, war nicht zu sehen. Der ist bestimmt schon über alle Berge, dachte Maj verzweifelt. Oder war er noch in der Nähe? Verbarg er sich irgendwo, um sie zu beobachten, den richtigen Zeitpunkt abzuwarten, um sie ein für alle Mal zu erledigen? Sie hinkte durch die Halle. Der Zeitungsstand schloss gerade. Sie trat durch die Eingangstür auf den Vorplatz hinaus. Draußen war es dunkel.

„Mats?", flüsterte sie in die kalte Abendluft. Doch nirgendwo entdeckte sie auch nur eine Spur seines Strubbelhaars. Sie hockte sich auf die Stufen, die zum Vorplatz führten. Ihre Zähne klapperten. Als sie sich beruhigt hatte, ging sie den ganzen Platz ab. Sie lief um den Bahnhof herum, durchstreifte die Nebenstraßen, bis der Schmerz in ihrem Knie unerträglich wurde. Kein Mats.

KAPITEL 8

Als Maj zum Bootshaus kam, lag tiefe Finsternis über dem Park und dem Flussufer. Ein Ruderboot zog gemächlich an ihr vorbei und verschwand in der Dunkelheit. Eine kurze Weile konnte Maj die flackernde Leuchte im Heck sehen. Dann war die Nacht vollkommen. Nur ab und zu gaben die Wolken den Blick auf einen beinahe runden Mond frei.

Ihr Knie pochte böse. Sie zog die Luft durch die Zähne ein, als sie mit bloßen Füßen, Schuhe und Socken in der Hand, durch das eiskalte Wasser watete. Schlotternd schob sie das Tor so weit auf, dass sie gerade hindurchschlüpfen konnte. Am Morgen hatte sie die Taschenlampe vergessen. Sie hatte ja nicht damit gerechnet, so spät zurückzukommen!

Als Maj das Tor hinter sich schloss, umfing sie totale Schwärze. Sie tastete sich zum Steg vor und stemmte sich hoch. Sie spürte ihre Füße schon nicht mehr, dafür umso mehr das gemeine Klopfen im Knie.

Um nicht ins Wasser zu fallen, robbte sie auf allen Vieren über den Steg, bis zur hinteren Wand. Mit zitternden Händen fuhr sie über

das Holz. Es schien Ewigkeiten zu dauern, bis
sie endlich die Türklinke berührte.

Im Vereinsraum angekommen, tastete sie nach
dem Lichtschalter. Das warme Licht floss durch
den Raum. Erleichtert hinkte Maj in das zweite
Zimmer, sank in den Sessel und kuschelte sich
unter alle Decken, die sie finden konnte.

Verdammt, war ihr kalt. Im Bootshaus gab es
keine Heizung. Gestern Nacht war das nicht so
schlimm gewesen. Heute kam Maj alles anders
vor. Die Stille im Haus und draußen am Ufer
erschien ihr nicht mehr beruhigend und friedlich,
sondern gespenstisch und feindselig. Als wenn
dort draußen etwas auf sie wartete. Angespannt
lauschte sie auf jeden knackenden Zweig, der
sich bewegte, auf die Wellen des Flusses, die sich
leise an den Holzwänden brachen.

Sie musste eingenickt sein. Als sie aus dem Schlaf
schreckte, wusste sie nicht, was sie geweckt
hatte. Ihr knurrender Magen? Die kalten Füße?
Maj kroch tiefer unter die Decken.

Von der Vorderseite des Bootshauses hörte sie
ein Geräusch. Nicht wie das Wischen der Zweige
am Fenster. Nein. Ganz anders. Etwas kratzte,
klopfte, bürstete über die Tür.

In Panik sprang Maj auf und drückte den Lichtschalter. Im Zimmer wurde es tintenschwarz. Nicht einmal die Umrisse der Möbel konnte sie sehen. Die Dunkelheit war undurchdringlich.

Jemand machte sich an der Eingangstür zu schaffen. Es war nur eine Frage der Zeit, bis der Einbrecher auf die gleiche Idee wie sie gestern kam und versuchen würde, von der Wasserseite das Bootshaus zu betreten.

So schnell und leise sie konnte, tastete Maj sich zu ihrem Rucksack, fand die Taschenlampe, knipste sie an. In aller Eile warf sie ihre verstreuten Sachen in den Rucksack, griff nach ihren Schuhen und lief hinaus auf den Steg.

Das Licht der Lampe glitt über das schwarze Wasser, das sich an den Pfosten des Steges ganz zart brach. Leise ließ Maj sich hinunter, watete zum Tor, drückte es auf. Ein lautes Knarren schallte durch die Nacht. Majs Herz klopfte zum Zerspringen. Vor Kälte und Angst liefen ihr die Tränen übers Gesicht. Sie achtete nicht darauf. Schon stand sie im Freien, hob kurz den Kopf, lauschte. Nichts zu hören. Sie wandte sich nach links, eilte am Ufer entlang. Zuerst im Wasser, dann kletterte sie die Böschung hoch, schlüpfte in ihre Schuhe und tappte durch das Dickicht.

Sie hörte nichts anderes als ihr eigenes Keuchen in der Finsternis und das Knistern von trockenem Laub und Zweigen unter ihren Füßen.

Den Rest der Nacht wanderte Maj umher.
Sie verfranste sich zunächst im Park, fand dann aber einen Weg, der in eines der angrenzenden Wohnviertel führte. Sie entdeckte eine Bushalte-stelle. Das Wartehäuschen bot Schutz vor dem Wind, und Maj kauerte dort auf der Bank, bis es hell wurde. Mit dem ersten Bus fuhr sie zu Eratos Imbiss.
Die Griechin war nicht da, und der Mann, der an diesem Morgen bediente, interessierte sich nicht für Maj. Er stellte ihr wortlos Kakao und Zimtschnecke vor die Nase. Maj hätte sämtliche Kuchen und Sandwiches im Laden aufessen können, so hungrig war sie. Doch sie musste mit ihrem Geld haushalten. Kaum hatte sie aufgegessen, verließ sie den Imbiss und machte sich auf den Weg zur S-Bahn.

Mats war nirgendwo zu sehen. Sie hatte gehofft, ihn zu treffen, mit ihm zu reden. Sie wusste nicht, wohin mit sich. Sie überlegte, wer heute

Nacht wohl versucht hatte, in das Bootshaus einzudringen. Sie hatte Angst.

Vielleicht war es Mats gewesen?

Maj hatte ihm von ihrem Versteck erzählt. Aber wozu sollte er dort aufkreuzen – um sie zu Tode zu erschrecken? Wenn er mit ihr reden wollte: Warum konnte er dann nicht einfach nach ihr rufen? Und wo war der Messerstecher geblieben, nachdem er sie gestern die Rolltreppe hinunter-gestoßen hatte? Warum hatte ihn niemand festgehalten? Hatte überhaupt jemand gesehen, was da passiert war? Gab er sich damit zufrieden, ihr einen Schrecken eingejagt zu haben?

Maj sah sich um. Heute war wenig los. Erst jetzt fiel ihr ein, dass Samstag war. An Samstagen schlief sie sonst zu Hause so lange aus, wie sie wollte. Sie zwang sich, nicht an ihr warmes Bett zu denken.

An vielen Stellen im Bahnhof waren Über-wachungskameras installiert. Auf den Filmen müsste doch zu sehen sein, wie der Mann sie angegriffen hatte. Maj zögerte. In ihrer Jackentasche steckte die Visitenkarte, die der Polizist ihr gegeben hatte. Polizeioberkommissar Theo Weber. Maj ging zur Telefonzelle neben dem Fahrkartenautomaten. Sie warf zwei Münzen in den Schlitz und wählte die Nummer.

„Weber?", bellte es aus dem Hörer.

Maj schluckte.

„Hallo? Wer ist da?"

„Ich …", begann Maj, aber dann blieb ihr die Stimme weg. Einfach so. Sie stellte sich den Polizisten an seinem Schreibtisch vor, mit dem Laptop, auf den er genervt einschlug. Sie dachte an ihre Mutter und dass sie bestimmt längst bei der Polizei gemeldet hatte, dass Maj abgehauen war.

„Wer ist am Apparat? Reden Sie!"

Sie brauchte nur Abstand. Ruhe, um für sich zu sein und nachzudenken. Dann würde sie freiwillig heimgehen. Aber nicht jetzt. Jetzt noch nicht. Maj legte auf.

Den ganzen Tag blieb Maj um die S-Bahn herum auf Beobachtungsposten. Sie riss das Phantombild aus und warf die Zeitung weg. Anders als Mats traute sie sich nicht, einfach irgendwelche Leute nach dem Mann zu fragen.

Gegen Mittag ging sie Erna am Teich suchen. Vielleicht wusste die, wo Mats steckte. Aber auch Erna war nicht da.

Maj kaufte sich einen Döner, hockte sich auf eine Bank nahe beim Eingang zur gläsernen

Computerfirma und aß. Selbst an Samstagen arbeiteten hier Leute, wenn auch nicht so viele wie gestern.

Sie blickte an sich herunter. Schon nach zwei Tagen auf Achse sah sie aus wie eine Streunerin. Die Jeans zerrissen, die Schuhe verdreckt. Immerzu war ihr kalt.

Wo sollte sie heute Nacht nur bleiben? Im Bootshaus fühlte sie sich nicht mehr sicher. Wo gab es Verstecke? Wo schlief Mats überhaupt, und wieso war er nicht hier? Wollte er ihr aus dem Weg gehen? Aber warum?

Oder war er beim Klauen erwischt worden? Vielleicht saß er jetzt auf einer Polizeiwache, so wie Maj vor Kurzem. Sie biss sich auf die Lippen. Daran wollte sie nicht einmal denken.

Am frühen Nachmittag strömten mehr Leute in den Bahnhof und aus den Zügen. Maj betrat die Halle, weil ihr kalt war.

Was, wenn Weber herausfinden konnte, dass sie es war, die ihn angerufen hatte? Würde er seine Leute herschicken und nach ihr suchen lassen?

Maj setzte sich einfach in einen Zug und fuhr ein paar Stationen. In der Bahn war es warm

und trocken. Die Menschen gingen irgend-
welchen normalen Beschäftigungen nach.
Fuhren von hier nach da, lasen, unterhielten sich
oder telefonierten. Aber alle wussten, wo sie
hinwollten. Sie stiegen aus und hatten ein Ziel.
Anders als Maj.
Sie wechselte den Zug. Stieg nach ein paar
Haltestellen wieder aus und fuhr zurück.
Alles kam ihr sinnlos vor. Sie hatte Sehnsucht
nach Zuhause. Sie brauchte nur den Bus zu
nehmen und heimzufahren. Plötzlich schien
ihr diese Lösung unendlich einfach.
Am Bahnhof, wo sie Mats getroffen hatte, blieb
sie eine Weile auf dem Bahnsteig sitzen. Wenn
er in zwei Stunden noch nicht aufgetaucht ist,
kann ich immer noch nach Hause, dachte sie.
Doch dann hielt ein Zug, und genau vor ihrer
Nase stieg eine Frau aus. Ihre federnden Locken
tanzten um ihr Gesicht.
Wie vom Blitz getroffen, sprang Maj auf.
Die Frau lief schnurstracks zur Rolltreppe, fuhr
in die Halle hinauf. Maj blieb ihr auf den Fersen,
sah, wie sie am Zeitschriftenstand Zigaretten
kaufte. Jetzt! Sie musste ihren ganzen Mut
zusammenkratzen. Einfach loslegen. So wie Mats
das machte. Der quatschte die Leute einfach an.
„Entschuldigen Sie", begann sie. Ihr Herz schlug

ihr bis zum Hals.

„Ja?" Die Frau lächelte neugierig. „Was gibt's?"

„Kann ich Sie was fragen?" Maj verschluckte sich fast vor Aufregung. „Ich suche jemanden, und … vielleicht kennen Sie ihn."

„So?" Die Frau lachte. Sie hatte schöne weiße Zähne. „Wie sieht er denn aus? Jung, alt, groß, klein, dick, dünn?"

„Moment, ich habe ein Bild." Maj kramte in ihrer Tasche und fummelte das Phantombild heraus. Es war schon ganz zerknittert. „Kennen Sie diesen Mann?"

Die andere nahm den Zeitungsausschnitt. Das Lachen purzelte ihr aus dem Gesicht. Ernst gab sie Maj das Papier zurück. „Tut mir leid, da kann ich dir nicht weiterhelfen."

„Aber – ich glaube, Sie wissen, wer der Mann ist, oder?", fragte Maj und kam sich mit einem Mal sehr mutig vor. Sicher hatte Mats recht: Wenn sie der Polizei einen Täter liefern konnte, würde das bei Kommissar Weber einen guten Eindruck machen.

„Nein. Nie gesehen." Die Frau steckte ihre Zigaretten in die Manteltasche und eilte davon. Maj lief ihr nach. Als sie durch die Tür auf den Bahnhofsvorplatz trat, hastete die Frau auf die Bushaltestelle zu. Es begann zu regnen.

Maj blieb zurück, sah, wie die andere in einen Bus stieg und losfuhr. Es hatte alles keinen Zweck. Nur: Wenn Erna recht hatte und die Frau mit den Locken den Mann auf dem Phantombild kannte, warum gab sie es nicht einfach zu?

KAPITEL 9

Mit hängendem Kopf hockte Maj sich am
S-Bahnhof unter dem Vordach auf die Stufen.
Der Regen wurde stärker. Die ganze Sucherei
schien zwecklos. Wo sollte sie hin? Später in
der Nacht wurde der S-Bahnhof geschlossen.
Ihr Knie schmerzte. In ihrem alten Versteck
fühlte sie sich nicht mehr sicher.

Wo übernachtete Mats? Wo Erna?

„Na? Gefällt's dir nicht mehr im Bootshaus?"
Maj fuhr herum. Mats stand hinter ihr. Die
Hände locker in den Taschen seiner Jacke.
Sein Haar glänzte feucht. Maj wusste nicht,
ob sie erleichtert oder sauer sein sollte, dass er
so mir nichts, dir nichts aufkreuzte.

„Wo kommst du denn auf einmal her?",
fragte sie.

„Von der Arbeit." Grinsend setzte sich Mats
neben sie auf die Stufen.

„Arbeit?" Das konnte nicht stimmen.

„Wo arbeitest du denn?"

„Gestatten, Mats, Privatdetektiv!" Er hob die
Hand, als hielte er einen Ausweis hoch.

„Immer zur Stelle, wenn's brennt."

Maj musste lachen.

„Ich habe richtig gut ermittelt. Und weiß, dass
der Typ auf dem Phantombild Hans-Werner
heißt, genannt Hawe."

„Wie hast du das denn rausgekriegt?"

„Ich hab rumgefragt. Da drüben, in der Glasbox
von den Computerfreaks."

„Sag bloß, die haben dich in den Glaspalast
gelassen?"

„Easy. Ich habe mich als Pizzalieferant ausge-
geben und bin mit einer leeren Schachtel durchs
Gebäude gewandert."

Maj kam sich dämlich vor. „O.k. Und, wer ist
dieser Hawe?"

„Seinen Nachnamen habe ich noch nicht
geknackt. Ich habe keine direkten Kollegen oder
Kolleginnen von ihm finden können, nur einen
Typen, der mit Hawe ab und zu in die Kantine
geht."

„Super!" Maj nickte. „Dann sagen wir der Polizei
den Namen Hans-Werner und seine Arbeitsstelle.
Den Rest finden die raus."

„Spinnst du?" Mats wurde sauer. „Jetzt wird's
doch erst interessant."

Empört stemmte Maj die Hände in die Seiten.
„Interessant? Kann ich nicht finden. Letzte Nacht
hat einer versucht, ins Bootshaus einzubrechen.
Ich bin gerade noch abgehauen."

Spöttisch zog Mats die Augenbrauen hoch.

„O.k., klar, und jetzt bist du nervös."

Maj runzelte die Stirn. War Mats der Einbrecher? Oder war er nicht der Einzige, der wusste, wo sie sich versteckt hatte?

„Wieso hängst du dich so rein? Warum willst du den Messerstecher unbedingt finden?", platzte es aus ihr heraus.

„Mensch, Maj!" Mats legte den Arm um sie. Das fühlte sich gut an. „Gerechtigkeit muss sein, oder? Außerdem läuft endlich mal was Aufregendes. Sonst ist ja nichts los hier."

„Na, prächtig!"

„Du bist ein bisschen durch den Wind. Ist ja alles neu für dich. Das Leben auf der Straße und die Suche nach dem Typ und all das. Aber denk mal nach: Wenn wir den Bullen einen Täter präsentieren, das wäre doch ein Riesenerfolg für dich. Es macht einen guten Eindruck bei der Polizei! Wenn die sehen, dass du dich eingesetzt hast, um den Mistkerl zu finden. Das gibt Pluspunkte. Wegen der Anzeige oder falls du mal wieder in Schwierigkeiten gerätst."

Maj hatte wirklich nicht vor, noch einmal Stress zu bekommen! Aber eigentlich stecke ich noch mitten drin, überlegte sie selbstkritisch.

„Du meinst, wir warten bis Montag, wenn der

normale Betrieb in der Firma wieder losgeht?"
„Easy! Und legen uns auf die Lauer. Erna macht
mit. In dem Kasten arbeiten sie in drei Schichten.
Eine fängt um sieben Uhr morgens an, eine um
drei Uhr nachmittags, und um Mitternacht
kommt die Notbesetzung für die Nacht."
Das bedeutete noch zwei weitere Nächte auf der
Straße. Maj wollte heim. Und auch wieder nicht.
Was erwartete sie dort? Wieder nur Stress mit
ihrer Mutter. Sogar noch mehr Zoff als sonst,
weil sie abgehauen war.
Nie im Leben könnte sie sich am Montag noch
mal abseilen, um mit Mats und Erna die IT-Firma
zu observieren.
„Na, was ist?" Mats stupste Maj gutmütig auf
die Nase. „Und wegen heute Nacht brauchst
du keine Panik zu schieben. Du kannst bei mir
pennen."

Mats hauste unter einer Autobahnbrücke, nicht
weit von der Endstation der S-Bahn-Linie
entfernt. Im Betonschacht eines Brückenpfeilers
hatte er sich aus zwei alten Matratzen, einem
Schlafsack und Decken ein Lager gebaut. Um
hineinzukommen, musste man sich ein Stück an
dem glatten Beton zu einem Sims hochziehen.

Dahinter lag Mats' Versteck.

„Normalerweise werden diese Schächte mit Gittern gesichert", sagte Mats, als er Maj über das Sims in den Hohlraum half. „Aber ab und zu findest du einen ohne Gitter. Die sind heiß begehrt. Der Kollege, der vorher hier gewohnt hat, hat mir seinen Platz überlassen."

„Wieso?"

„Kalter Abgang."

„Was meinst du damit?"

„Er ist gestorben", sagte Mats ungerührt und begann, an einem Gaskocher zu hantieren. Maj bekam ein ungutes Gefühl in der Magengrube. Sie sah an der Betonwand hoch. Mats war groß und konnte über das Sims ins Freie blicken. Aber sie nicht.

„Woran ist er gestorben?"

„Erfroren. Letzten März. Als alle schon dachten, den Winter haben sie überstanden. Er hat halt nicht aufgepasst. Schon krass."

„Hast du keine Angst, dass dir das auch passiert?"

„Ich habe alles, was ich brauche. Und das Beste: Keiner weiß, dass ich hier bin."

„Kümmert es deine Eltern eigentlich nicht? Dass du auf der Straße lebst?"

„Ganz bestimmt nicht. Die sind froh, dass sie

mich los sind."

„Mein Vater ist wahrscheinlich auch froh, mit mir nichts mehr zu tun zu haben", murmelte Maj. „Aber bei meiner Mutter bin ich mir nicht so sicher."

„Pass mal auf." Mats stellte einen Topf auf den Gaskocher und füllte Bohnen aus einer Dose hinein. „Für so ein Leben entscheidest du dich. Du sagst irgendwann, o.k., das will ich, und das zieh ich jetzt durch. Sonst hältst du das nicht aus." Eindringlich sah er Maj an. Im grellen Schein der Gasflamme funkelten seine sonst so sanften Augen aggressiv.

„Nee, ist klar", sagte Maj. Irgendetwas in ihr rief ihr zu, davonzulaufen. Aufzuspringen, aus dem Schacht zu klettern und zu türmen. Nur weg. Die zweite Nacht im Bootshaus war schon hart für sie gewesen. Eine richtige Mutprobe. Aber Mats' Behausung war eine ganz andere Herausforderung. Und Mats – konnte sie ihn überhaupt einschätzen? War er wirklich der nette, hilfsbereite Junge, der er zu sein vorgab?

„Gestern habe ich Hawe gesehen", murmelte sie. „Ich wollte ihn verfolgen. Aber er hat mich die Rolltreppe runtergestoßen, und dann war er weg!"

Mats sah auf. „Echt, oder?"

Mehr fiel ihm nicht dazu ein?

Maj deutete auf ihr Knie. „Tut immer noch weh."

„Krank werden darfst du hier draußen nicht. Das macht dich fertig."

Mats rührte im Topf und kramte von irgendwo eine Packung Salz hervor. Er würzte die Bohnen und drückte Maj eine Gabel in die Hand.

„Abendessen ist serviert, Lady."

Maj raunte ein halbherziges „danke". Mit einem Mal war Mats ihr unheimlich. Sie bewunderte seine Findigkeit, mit der er im Leben zurechtkam. Sie mochte ihn irgendwie. Und zugleich machte er ihr Angst. Sie stocherte im Topf herum. Das warme Essen tat gut, aber die Panik verkrampfte ihren Magen. Die Frage, wohin Mats verschwunden war, als Hawe sie die Rolltreppe hinuntergestoßen hatte, ließ sie nicht los.

Wo hatte er bloß die ganze Zeit gesteckt?

„Wo warst du da eigentlich?"

„Was beschaffen." Er zeigte auf eine prall gefüllte Plastiktüte. „Manche Supermärkte geben abends Sachen ab. Wenn das Haltbarkeitsdatum abgelaufen ist." Mats spachtelte die Bohnen in sich hinein. „Ach, habe ich vergessen." Er kramte eine zerdrückte Packung Toastbrot aus der Tüte.

„Hier. Bedien dich."

Maj nahm eine Scheibe. Das trockene Zeug kriegte sie kaum runter.

Sie sah zu dem Sims hoch. Ich kann jederzeit hier weg, dachte sie. Einfach hochklettern und raus. Gar kein Thema.

„Heute Nacht, Mats: Bist du heute Nacht beim Bootshaus gewesen?"

„Was hätte ich da machen sollen?" Mats guckte finster drein. „Spinnst du, oder was? Entspann dich mal."

Mats gab Maj zwei seiner Decken ab. Trotzdem war ihr kalt. Sehr kalt. An Schlaf war nicht zu denken. Kaum hatte Mats den Kerzenstummel ausgepustet, der ihnen in den letzten Stunden Licht gespendet hatte, hörte sie ihn auch schon schnarchen. Fahles Mondlicht sickerte von draußen zu ihnen in den Schacht.

Irgendein Gefühl sagte Maj, dass sie ihm vertrauen konnte. Und doch schlich sich der Argwohn wie Gift in ihr Herz. Seine Geschichten, wo er gewesen war, als sie ihn brauchte, hörten sich alle logisch an. Aber konnte sie ihm glauben? Warum hatte er ausgerechnet in dem Augenblick, als Hawe sie die Treppe hinunterstieß, aufbrechen müssen, um zum Supermarkt zu gehen? Warum hatte er ihr vorher nichts davon erzählt?

Die Autos rasten über die Brücke hoch über ihnen, in kurzen Abständen.

Das Bootshaus kam ihr von hier aus vor wie ein Luxushotel. Natürlich, es war ein einsames Versteck, dort am Flussufer. Aber immerhin war es ein richtiges Haus, mit Zimmern, Möbeln, Strom, einem Klo und einem Waschbecken.

Maj fühlte sich dreckig und elend. Sie hatte ihre Wäsche seit drei Tagen nicht gewechselt. Doch sich in der Kälte auszuziehen, kam überhaupt nicht in Frage. Sie musste Mats morgen fragen, ob er Zwirn hatte, damit sie das Loch in der Jeans notdürftig flicken konnte.

Alles nur wegen diesem Mann auf dem Parkplatz. Warum musste ausgerechnet sie über den Verletzten stolpern? Warum hing sie mit Lars und Gila ab, obwohl ihr das eigentlich keinen Spaß machte? Wobei sie früher gerne mit Gila zusammen gewesen war. Aber das war Vergangenheit.

Vielleicht kann ich einfach nicht akzeptieren, dass unsere Freundschaft auf Null ist, dachte Maj.

Mats' leises Schnarchen drang durch die

vollkommene Dunkelheit. Der Beton machte
sonderbare Geräusche. Knisterte, ächzte.
Maj kuschelte sich tiefer in ihre Decken. Am
Montagabend hatten sie Hawe. Dann würde
sie heimgehen. Ganz einfach.

KAPITEL 10

Maj musste eingenickt sein. Sie schreckte hoch, weil etwas ihren Kopf streifte. Nach ein paar Sekunden wurde ihr wieder bewusst, wo sie war. Dann sah sie hoch über sich zwei Beine über das Sims gleiten und verschwinden.

„Mats?", rief sie.

Keine Antwort. Maj rappelte sich auf, fischte die Taschenlampe aus ihrem Rucksack und leuchtete durch das Versteck. Mats' Schlaflager war leer.

„Mats, verdammt! Wo gehst du hin?"

Seine Geheimnistuerei ging ihr auf den Keks.

Mit zusammengebissenen Zähnen kletterte sie zum Durchschlupf hinauf und leuchtete in die Nacht. Es regnete. Der Lichtkegel kroch über nassen Beton, Schlamm und ein paar Grasbüschel.

Mats spielte mit ihr. Warum sonst verschwand er einfach immer wieder, ohne Erklärung, einfach so?

Maj sah auf ihre Armbanduhr. Schon kurz vor sechs. Sie rutschte in Mats' Behausung zurück, griff nach ihrem Rucksack, zog die Schuhe an und kletterte erneut auf das Sims.

Sie hatte die Nase voll.

Jetzt würde sie sich aus dem Staub machen.
Sollte Mats doch rätseln, wo sie geblieben war.
Das war ihr lieber als umgekehrt.

Vorsichtig ließ sie sich an der Außenseite des
Schachts hinuntergleiten. Als sie unten aufkam,
schoss ihr ein stechender Schmerz durchs Knie.
Sie verbiss sich einen Aufschrei.
Wo wollte Mats mitten in der Nacht hin? Maj
lauschte in die Dunkelheit. Zuerst hörte sie nichts
außer den Autos, die über die Brücke rasten.
Dann kamen neue Geräusche dazu. Rascheln,
Knacken. Maj und Mats waren im Dunkeln zu
seinem Versteck gelaufen. Waren von der S-Bahn
nicht lange unterwegs gewesen. Maj würde
zurückfinden, so viel stand fest. Sie machte sich
auf den Weg.
Die Finsternis war so dicht, dass der Lichtkegel
ihrer Taschenlampe kaum hindurchdrang.
Sie sah ein Stückchen Weg. Daneben nichts.
Ich habe eine Scheißangst, dachte Maj. Aber
das schaffe ich jetzt. Ich muss das einfach
hinkriegen.
Sie dachte an Lars und sein großspuriges
Gerede. Wahrscheinlich würde er sich jetzt
vor Panik in die Hosen machen.

Was hatte Mats nur vor? War es voreilig, sich davonzumachen und ihn im Stich zu lassen? Von wegen, redete Maj sich im Stillen zu.

Er ist auch am Freitag abgedampft, als ich ihn gebraucht hätte. Sie hielt inne. Stand mitten auf dem Fußweg, der an verfallenen Häusern vorbeiführte. Struppige Büsche säumten ihn rechts und links. Lautlos fiel der feine Regen auf ihr Haar.

Ich muss mich jetzt entscheiden, überlegte Maj. Entweder ich ziehe ab und Mats ist mir piepegal, oder ich bleibe und checke, worauf Mats aus war.

Nur für den Bruchteil von Sekunden hörte sie Schritte hinter sich. Dann war jemand bei ihr und griff nach dem Rucksack. Maj fuhr herum. Sie schlug um sich. Die Taschenlampe traf etwas Hartes. Sie hörte ein kurzes Aufstöhnen, aber der Griff um ihren Rucksack wurde fester und fester. Maj trat nach dem Mann, der wie der Schatten eines Raubvogels über sie herfiel. Er boxte ihr die Lampe aus der Hand. Sie knallte auf den Boden und erlosch.

Sein Atem raste. Oder war es Majs? Sie wand sich wie eine Schlange, spürte seine Arme überall, spürte den Schmerz, als seine Beine gegen ihre traten. Aber Maj war kleiner und wendiger, sie schlüpfte aus den Schulterriemen ihres Rucksacks und rannte los. Einfach weg, mitten hinein in die Finsternis.

Maj war nie in ihrem Leben so gelaufen. Ihr Herz wollte explodieren. Sie bekam kaum Luft, aber sie hetzte weiter den Weg entlang, in der verzweifelten Hoffnung, nicht die Abzweigung zur S-Bahn zu verpassen. Sich umzudrehen, wagte sie nicht. Sie wollte dem Verfolger keine Chance geben, auch nur einen Zentimeter gutzumachen. Ihre Füße knallten auf den Asphalt. Sie keuchte hart, am Limit. Irgendwann wurde sie langsamer. Sie konnte nicht mehr. Hustend blieb Maj stehen. Der Schweiß lief ihr übers Gesicht. Sie hatte ihn abgehängt. Stand in einem Neubaugebiet, weit weg von der S-Bahn. Der Typ hatte nicht mitgehalten. Maj stemmte die Hände auf die Schenkel und rang nach Atem. Der Rucksack war weg, ihre Taschenlampe, alles. Erst jetzt kam die Angst. O.k., sie war den Angreifer losgeworden, aber vielleicht gab er so schnell nicht auf. Maj brauchte ein Versteck.

Sie sah sich um. Hier wurden eine Menge Häuser neu gebaut. Einige standen im Rohbau da wie uralte Ruinen. Auf anderen wurde gerade der Dachstuhl errichtet. Maj spähte zurück.
Niemand. Er war nicht hier.
Sie musste sehen, dass sie von der Straße herunterkam. Nur weg, in ein sicheres Versteck.

Maj wählte ein Haus, dessen Erdgeschoss schon fertig gemauert war. Wie ein Geist glitt sie in den Rohbau. Es roch nach Mörtel und war kalt, beinahe noch kälter als draußen. Egal. Alles egal, wenn nur … sie dachte den Gedanken nicht zu Ende. Denn wer hatte ihr dort draußen wohl aufgelauert? Wahrscheinlich kein anderer als Hawe!
Vielleicht ist er sogar der Grund für Mats' Verschwinden, dachte Maj, während sie über die knisternden Pappdeckel schlich, die den Boden bedeckten. Sie stieß mit dem Fuß gegen ein Stück Rohr. Scheppernd schoss es gegen eine Wand. Panisch hielt Maj inne.
Nichts tat sich. Der Angreifer war ihr nicht bis hierher gefolgt. Es musste Hawe gewesen sein. Der Messerstecher vom Supermarktparkplatz. Das aber konnte nur eines bedeuten, dachte Maj,

nämlich dass Hawe sich bei Mats' Wohnschacht herumgetrieben hatte. Mats musste ihn bemerkt haben und hatte sich rausgeschlichen, um nach dem Rechten zu sehen.

Das wiederum hieß: Hawe hatte Maj und Mats verfolgt. Vielleicht schon den ganzen Samstag lang. Wie sonst sollte er von Mats' Versteck wissen?

Maj sammelte mehrere Stücke Pappe und baute sich ein Lager.

Sie hockte sich hin und streckte die Beine aus. Ihr Knie pochte dumpf.

Der Wettlauf gegen Hawe war ihm nicht bekommen. Stöhnend rieb Maj ihr Bein.

Wenn Hawe ihr und Mats aber gefolgt war, dann konnte er es nur aus einem einzigen Grund getan haben: Um sie unschädlich zu machen. Alle beide.

Mats hatte bei den Leuten von der Firma herumgefragt. Konnte doch sein, dass einer von denen es Hawe weitererzählt hatte: Du, Hawe, da fragt ein Kerl nach dir. Hawe hatte wenig zu verlieren.

Maj ließ sich gegen die kalte Mauer sinken. Nun fing sie an, zu frieren.

Was war mit Mats? Wo war er abgeblieben,
als Hawe sie angriff? Warum war er zufällig
wieder genau in dem Moment außer Sicht,
als sie seine Hilfe brauchte?

Maj zog die Beine an und presste die Stirn auf
ihre Knie. Sie konnte nicht mehr. Es hatte keinen
Zweck, zu grübeln. Nichts hatte mehr Sinn.

Ehe sie einnickte, überlegte sie, ob Mats genauso
schnell rennen konnte wie sie selbst.

War Mats vielleicht sogar in Gefahr?

KAPITEL 11

Durchgefroren kam Maj am Sonntagmorgen zum S-Bahnhof. Voller Hoffnung, hier auf Mats zu treffen. Jetzt, da die Sonne über die Dächer kroch, kam Maj sich feige vor. Sollte sie zur Autobahnbrücke zurückgehen? Ihn suchen? Hatte Hawe statt ihrer Mats erwischt? Ihn zusammengeschlagen? Oder Schlimmeres? Maj dachte an den verletzten Mann auf dem Parkplatz, den Hawe niedergestochen hatte. Mitten in der Bahnhofshalle blieb sie stehen und barg stöhnend ihr Gesicht in den Händen.

„Na? Was ist los?"

Die Stimme kam Maj bekannt vor. Als sie aufblickte, baute Erna sich vor ihr auf. Ihre Haare standen wild um ihren Kopf. Sie hatte eine Packung Kekse in der Hand und naschte daraus, während ihre grauen Augen Maj nicht losließen.

„Guten Morgen, Erna. Haben Sie zufällig Mats gesehen?" So förmlich mit Erna zu sprechen, kam Maj sonderbar vor. Ich quatsche sie an wie eine Lehrerin, dachte sie.

„Mats? Nee! Wieso?"

„Ach … nur so", wiegelte Maj ab.

Erna legte den Kopf schief und deutete mit einer Hand auf Maj. „Du! Wenn ich jetzt was wüsste über den Mats – was dann, hm?"

„Was meinen Sie? Was wissen Sie denn über Mats?" Majs Herz schlug schneller.

„Die Lektion musst du noch lernen", gab Erna zurück. „Im Leben ist nichts umsonst.
So ein Tipp kostet dich 'n Fünfer."

„Fünf Euro?"

„Informationen sind was wert, das sage ich dir aber. Alles ist Information, wie? Wer der Typ von eurem Bild ist zum Beispiel, und wie die Frau mit den Dreadlocks heißt und so."

„Wie heißt sie?", unterbrach Maj.

„Dann 'n Zehner."

Zum Glück hatte Maj Mats' Tipp beherzigt und ihren Geldbeutel in der Jacke aufbewahrt. So hatte sie ihn vor Hawe gerettet. Sie kramte zwei Zwei-Euro-Münzen heraus und hielt sie Erna hin. „Mehr habe ich nicht."

Erna stürzte sich auf das Geld. „Mickriger geht's ja nicht", beschwerte sie sich.

„Das erste Mal haben wir aber gar nichts bezahlt", wandte Maj ein.

Erna grinste listig und schwieg.

„Also: Was wissen Sie über Mats?" Maj stemmte die Arme in die Hüften. Eben war sie noch dankbar gewesen, überhaupt mit jemandem sprechen zu können. Doch nun ging Erna ihr auf den Wecker.

„Sein Vater ist ein hohes Tier im Rathaus!"
Erna rollte so bedeutungsvoll mit den Augen, dass man das Weiße sah.

Maj wich zurück. „Aber … das ist mir total egal! Ich will wissen, wo er steckt!"

„Ach so? Dann musst du eben das nächste Mal genauer sagen, was du willst!" Grinsend steckte Erna die Münzen in ihre Tasche.

„Und wie heißt die Frau mit den Dreadlocks? Wer ist sie?"

Erna spazierte einfach davon. An der Drehtür sah sie sich um und rief: „Lucia!"
Dann war sie weg.

„He, Maj!"
Maj fuhr aus ihren düsteren Tagträumen hoch. Seit Stunden trieb sie sich auf dem Vorplatz herum. Von Mats immer noch keine Spur.
Sie kam sich völlig verloren vor, wie auf dem Abstellgleis. Als geschähen all die wichtigen Dinge ohne sie, als hätte sie auf gar nichts Einfluss.

„Kelly, was machst du denn hier?"

„Ich habe bei Erato ausgeholfen. Nur heute Vormittag. Und du? Erato sagt, du bist am Freitag bei ihr gewesen."

Maj seufzte. Etwas geheim zu halten, war nicht leicht. Kelly ging in ihre Klasse. Morgen wüsste die ganze Schule, dass sie Maj am S-Bahnhof getroffen hatte.

„Du warst nicht in der Schule", fuhr Kelly fort. „Bist du krank oder was?" Sie musterte Maj von oben bis unten. Ihr Blick blieb an dem zerrissenen Hosenbein hängen.

„Nee, alles o.k."

Kelly sah sie ungläubig an.

Nichts war o.k. Gar nichts. Es war schon drei Uhr nachmittags, und Mats war immer noch nicht am S-Bahnhof aufgetaucht. Wenn das bedeutete, dass Hawe ihm etwas angetan hatte … Ich sollte ihn suchen, dachte Maj. Aber die Vorstellung, sich wieder auf den Weg entlang der leeren Gebäude zu machen, wo vielleicht Hawe auf sie lauerte … Maj war unendlich müde. Die ständige Angst laugte sie aus.

„So siehst du aber nicht aus." Kelly runzelte zweifelnd die Stirn. „Du hast Erato was von einer Freistunde erzählt. Und Lars und Gila reden auch nur wirres Zeug. Ist es wegen dem Überfall?"

„Ach, Blödsinn, die beiden wollen sich doch

nur wichtig machen!", wiegelte Maj ab.

„Außerdem hat mich deine Mutter angerufen."

Kelly nickte nachdrücklich. „Die macht sich ganz schön Sorgen um dich. Und weil sie bei Lars und Gila auf Granit beißt, hat sie mich gefragt."

„Hast du …?"

„Nein, ich habe ihr nichts gesagt. Was denn auch? Ich hatte bis vor einer Minute ja keine Ahnung, wo du abgeblieben bist."

Maj schluckte. Im vergangenen Sommer hatte sie sich während der Arbeit im Imbiss mit Kelly angefreundet. Das kleine, lebensfrohe Mädchen mit dem dichten, dunklen Haar lachte gerne, und die Kunden und Kundinnen im Imbiss mochten sie sofort.

In der Schule war Kelly keine große Leuchte, kämpfte sich gerade so durch jedes Schuljahr durch. Lars ließ kein gutes Haar an Kelly. Aber der Ferienjob mit ihr hatte Maj Spaß gemacht. Konnte sie Kelly vertrauen? Sie einfach einweihen, in alles? Dass sie abgehauen war? Die Sache mit Mats? Wie der Mann sie die Treppe hinuntergestoßen hatte? Sollte sie von dem Angriff heute Nacht berichten? Von Erna und der Frau mit den Locken, die den Mann angeblich kannte, aber behauptete, ihn nie gesehen zu haben?

Maj spürte Kellys forschenden Blick auf sich.
Die Gedanken verknoteten sich in ihrem Kopf.
„Ich habe ziemlichen Stress", sagte sie schließ-
lich. „Und kann nicht nach Hause. Aber ich
weiß auch nicht, wo ich sonst hin soll."
„Du kannst mit zu mir kommen", half Kelly
sofort aus.
„Und deine Eltern?"
„Sind gestern weggefahren. Kommen erst am
Mittwochabend zurück."
„Darfst du so lange allein bleiben?"
„Sag mal, sind wir Kleinkinder?" Kelly grinste
frech. „Die wissen, dass ich zurechtkomme."

Kelly wohnte in einem Villenviertel, das sich
auf der dem Bootshaus gegenüberliegenden
Flussseite befand. Das alte Haus verbarg sich von
der Straße zurückgesetzt hinter hohen Fichten.
Durch eine Glasveranda kam man zum Eingang.
Kelly schloss auf und stieß achtlos ihre Sneakers
weg. „Hier den Korridor runter ist unser größtes
Gästezimmer. Gästebad, alles da." Sie zeigte
über den Flur.
Eingeschüchtert stand Maj in der großen
Eingangshalle, während Kelly Haus- und
Verandatür abschloss. Von hier bogen mehrere

Flure ab. Jeder führte in einen eigenen Trakt.

„Sind diese Zimmer wirklich alle für Gäste?",
fragte sie, während sie den Flur entlang blickte.
Eine Tür an der anderen! Überall dicke Teppiche
und düstere Bilder in dicken Holzrahmen.

Kelly verzog das Gesicht. „Meine Eltern wollen
immer auf alles vorbereitet sein. Fast das ganze
Erdgeschoss ist für Gäste. Falls die Verwandt-
schaft einfällt. Aber das passiert nur ein paar Mal
im Jahr. Zu den Geburtstagen, Weihnachten und
Ostern. Ansonsten ist die Bude ziemlich leer."

„Wo ist dein Zimmer?"

„Oben. Hör mal, eine Dusche wäre nicht
schlecht. Du stinkst wie ein Iltis. Dann komm
rüber in die Küche. Wir brutzeln uns was und
reden."

Reden, dachte Maj, alle wollen reden, aber ich
finde reden gar nicht toll.

Das Gästebad war grün gekachelt und funkelte
vor Sauberkeit. Frische, flauschige Handtücher
hingen über den Haltern. Das heiße Wasser tat
Maj so gut wie nie zuvor. Auf ihren Armen hatte
sich ein Ausschlag gebildet. Er begann zu jucken,
aber sie achtete nicht darauf. Stattdessen fragte
sie sich, was mit Mats war. Ob sie ihm trauen

konnte. Ob Hawe ihn erwischt hatte. Und ob sie zu seinem Versteck zurückkehren und nach ihm suchen sollte. Ich kann nicht, dachte sie. Und ich will nicht mehr. Aber das schlechte Gewissen blieb. Später ging sie in die Küche.

Kelly hatte Nudeln gekocht und stellte Ketchup und Mayo auf den Tisch. Maj stürzte sich ausgehungert auf das Essen. Es war ihr sogar egal, dass Kelly sie halb grinsend, halb fragend beobachtete.

„Erato hat gesagt, du hättest da nach einem Typen gefragt", fing Kelly an, als sie das Geschirr in die Spülmaschine räumten.

Verdammt, jetzt bohrte Kelly nach!

„Du kannst ruhig sagen, dass mich das nichts angeht. Machen wir einen Deal: Du pennst hier, und ich kriege ein paar Infos."

Maj stieg die Hitze ins Gesicht. Das hier war nichts anderes als die Hackordnung auf der Straße. Gibst du was, kriegst du was. So funktionierte es überall. Sich dagegen auf-zulehnen, kostete nur Energie.

„Du hast Erato wegen so einem Fuzzi gelöchert. Einem mit eng stehenden Augen. Der regel-mäßig bei ihr im Imbiss isst."

Maj zuckte die Achseln.

Kelly kam ihr vor wie ihre eigene Mutter! Aber das spielte nun keine Rolle mehr. Alles für sich zu behalten, hatte keinen Zweck. Wenn sie Hawe der Polizei ausliefern wollte, wenn sie Mats wiederfinden wollte, konnte sie jede Hilfe gebrauchen. Auch von Kelly.

„Also, die Sache lief so", fing sie an, und dann beichtete sie Kelly alles von vorne bis hinten. Dass sie wütend auf Lars und Gila gewesen war. Von dem Stress mit ihrer Mutter. Wie sie einfach ihren Rucksack gepackt und sich abgeseilt hatte. Die erste, schöne Nacht im Bootshaus. Und dann Mats. Die schrecklichen Sachen, der Stoß von der Rolltreppe, der Einbrecher am Bootshaus, die Schlaflosigkeit, die Kälte, Erna, Erato. Plötzlich geriet Maj die Reihenfolge durcheinander.

„Warum meldest du der Polizei nicht einfach, was du weißt?", erkundigte sich Kelly.

„Wenn ich Hawe selber erwische, dann haben die vielleicht ein Einsehen. Wegen dem Diebstahl."

„Quatsch!", widersprach Kelly. „Die Polizei kann doch nicht erwarten, dass du ihnen den Messerstecher lieferst, am besten gleich in Handschellen! Und mit dem Klauen hat das doch gar nichts zu tun!"

„Aber Mats meint …"

„He, du bist irgendwie verliebt in den Kerl, oder?" Kelly legte den Kopf schief.

„Quatsch!" Maj spürte, wie sie rot wurde. Das hasste sie. Kelly gelang das gleiche Kunststück wie ihrer Mutter: Dass Maj sich klein und wehrlos und wie ein Kind fühlte, dem man alles ganz genau erklären musste.

„Komm morgen mit in die Schule. Wie stellst du dir das denn vor, dich einfach zu verkriechen!", warf Kelly ihr vor.

Genervt zuckte Maj mit den Schultern. Sie war von Kelly abhängig und musste sich irgendwie mit ihr einigen, wenn sie die nächste Nacht nicht wieder auf der Straße verbringen wollte. Tief drinnen spürte sie sogar, dass Kelly recht hatte. Sich zu verstecken, brachte nichts.

„Ich brauch noch ein paar Tage." Maj gähnte. Sie war erschöpft von den vielen schlaflosen Nächten, ausgelaugt von ihrer Angst und den tausend Fragen. Und sie war kolossal müde nach dem heißen Bad und dem Essen.

„Unangenehm wird's in jedem Fall, also schieb deine Rückkehr nicht auf die lange Bank!"

„Nein, mache ich nicht", lenkte Maj ein.

„Spätestens in zwei, drei Tagen gehe ich wieder in die Schule."

„Alles klar. Kein Thema. Du kannst hierbleiben.
Bis Mittwoch. Wenn meine Eltern kommen,
musst du abziehen."
„Einverstanden."

Wenig später kroch Maj ins Bett. Sie trug einen
von Kellys Schlafanzügen. Ärmel und Beine
waren ihr zu kurz, aber das spielte keine Rolle.
In dem riesigen Gästetrakt fühlte sie sich einsam.
Sie hätte lieber mit Kelly in deren Zimmer
geschlafen. Aber sie wollte nicht darum bitten,
wenn Kelly es nicht von selbst anbot.
Todmüde schloss Maj die Augen. Im nächsten
Moment war sie eingeschlafen.

KAPITEL 12

Maj hob den Kopf. Im Zimmer herrschte Dunkelheit, nur vom Fenster schien fahles Mondlicht herein.

Was hatte sie aufgeweckt? Ihr Knie schmerzte wieder. Und ihr Magen knurrte. In diesen Tagen wollte er gar nicht mehr damit aufhören. Maj stöhnte leise. Sie könnte in die Küche schleichen und sich dort etwas zu essen suchen. Aber durch den Flur und die Eingangshalle zu gehen, jetzt, mitten in der Nacht – Maj schauderte.

Sonderbar, dass es Kelly nichts ausmachte, in diesem riesigen Haus allein zu sein.

Unruhig warf sie sich im Bett hin und her. Ihr Magen zog sich zusammen und wurde hart wie Stein. „Mist", sagte sie leise in die Dunkelheit. Ihre Stimme tönte laut zurück.

Draußen auf dem Flur knarrte etwas. Vielleicht die Bodendielen, dachte Maj, während ihre nackten Füße nach den Hausschuhen suchten, die Kelly ihr geliehen hatte. Sie huschte hinaus auf den Korridor. Den Lichtschalter fand sie nicht, also tappte sie im Dunkeln bis zu der Tür, die in die Eingangshalle führte. Mondlicht fiel durch die Glasveranda und brach sich auf dem

Fußboden. Maj fröstelte. Wie hatte sie es geschafft, mehrere Nächte im Freien zu verbringen, wenn sie es schon bei Kelly ungemütlich fand?

Rasch ging sie in die Küche und schaltete das Licht ein. Im Brotkasten fand sie zwei Scheiben Graubrot, im Küchenschrank war Honig. Maj bestrich die Schnitten, setzte sich an den Holztisch und aß sie auf. Sie füllte ein Glas mit Leitungswasser und trank gierig. Ihr Magen rebellierte gegen das kalte Wasser, aber das war ihr egal. Sie drehte den Hahn noch einmal auf – und erstarrte. Sie hatte das Quietschen einer Tür gehört. Ganz deutlich! Ihre Hand zitterte, als sie das Wasser abdrehte. Dann hörte sie Schritte. „Kelly?", flüsterte sie heiser.

Sie tappte zur Tür und löschte das Licht. Die Dunkelheit umfing sie so vollkommen, als wäre sie in eine Schuhschachtel gesperrt worden.

Maj lauschte. Angenommen, Kelly war auch aufgewacht und kam hier zur Küche, warum machte sie kein Licht? Nicht der geringste Schein drang unter der Tür durch. Alles war finster.

Und wieder klangen Schritte durchs Haus.

Oder fantasierte Maj? Sie drückte sich gegen

die Wand. Wer sollte schon hier bei Kelly einbrechen. Niemand wusste, dass Maj in der Villa von Kellys Eltern untergekrochen war. Nicht einmal Mats. Kurz dachte Maj an den Brücken-schacht, die Decken, die prall gefüllte Plastiktüte. Nun hörte sie ganz deutlich, wie die Tür zum Zimmer nebenan geöffnet wurde.

„Kelly?", fragte Maj halblaut und ängstigte sich vor ihrer eigenen Stimme. Sie tastete über die Tür. Kein Schlüssel. Leise drückte sie die Klinke herunter und schlüpfte auf den Gang.

Niemand war zu sehen. Alle anderen Türen waren geschlossen. Maj hatte es eilig. Sie wollte zu Kellys Zimmer und nachsehen, ob sie in ihrem Bett lag. Am liebsten hätte sie sich ganz dort verkrochen.

Die Eingangshalle lag im hellen Mondlicht. Und jetzt sah Maj, dass die Zwischentür, die zur Glasveranda führte, nur angelehnt war. Ein winzi-ger Spalt stand offen. Maj blieb stehen. Hatte sie nicht am Abend gesehen, wie Kelly die Haustür und die Zwischentür abgeschlossen hatte? Plötzlich überfiel sie grauenhafte Angst. Ihre Knie wurden weich. Ihr Herz begann, wie wild zu klopfen. Sie spürte, dass etwas nicht stimmte.

Dass nicht Kelly durch das nächtliche Haus spukte. Jemand anders musste hier sein.

Langsam wandte Maj sich um. Sie hörte Schritte. Sie sollte laufen, weg, raus aus dem Haus. Oder irgendwohin, wo sie sich einschließen konnte. Aber ihre Beine bewegten sich einfach nicht.

Gefangen in ihrer Panik starrte sie auf den Korridor, aus dessen Schatten sich die Umrisse eines Mannes lösten. Er kam auf sie zu, und Maj wusste, wer er war. Hawe. Sie brauchte gar nicht hinzuschauen. Es konnte kein anderer sein. Wie ein von Scheinwerfern geblendetes Reh blieb sie in der Halle stehen und blickte unverwandt dem Mann entgegen, der lautlos auf sie zuglitt.

Als er direkt vor ihr stand und die Arme nach ihr ausstreckte, deckte eine Wolke den Mond zu.

Das fahle Licht erlosch und Maj schrie.

Hawes Hand schloss sich über ihren Lippen.

Majs Knie gaben nach.

Sie lag im Kofferraum eines Wagens, mit Klebeband über dem Mund. Hawe hatte ihr Hände und Füße gefesselt. Für kurze Zeit musste sie bewusstlos gewesen sein. Maj konnte sich nicht erinnern, wie sie in das Auto gekommen war. Aber dafür kehrte jetzt die Angst zurück. Sie

glaubte, ersticken zu müssen. Ihr Mund war schrecklich trocken. Sie konnte kaum schlucken. Ihr Kopf dröhnte. Der Wagen fuhr in eine Linkskurve, und Maj rutschte gegen etwas Hartes. Ob sie die Fesseln lösen konnte?
Keine Chance.
Und wie kalt es war! Sie hatte nur Kellys Schlafanzug an. Ihre Füße fühlten sich an wie Eis. Ob Kelly etwas gemerkt hatte? Konnte sie Majs Schreien gehört haben? Oder hatte Hawe auch Kelly unschädlich gemacht?

Maj zitterte. Hawe wollte sie ausschalten. Sie hatte ihn vor dem Supermarkt gesehen, hatte mit Mats zusammen nach ihm gefragt und ihn an der S-Bahn verfolgen wollen.
Er wusste, dass sie wusste, wer er war.
Es war für ihn nur eine Frage der Zeit, wann Maj zur Polizei gehen würde. Genau das musste er um alles in der Welt verhindern.
Der Wagen wurde langsamer, rollte über einen Schotterweg. Dann hielt er. Der Motor erstarb. Der Kofferraumdeckel wurde geöffnet. Hawe stand über ihr, groß und drohend wie ein Turm. Ein kalter Blick aus eng stehenden Augen heftete sich auf Maj. Ein Paar Strahlen Mondlicht bahn-

ten sich ihren Weg durch die Wolkendecke. Sie wusste, wo sie war: auf dem Parkplatz vor der Schrebergartenkolonie.

„Vielen Dank für den Hinweis mit den Gärten. Selbst schuld, wenn du so redselig bist", sagte Hawe und hob Maj hoch. „Ich habe mich umgesehen. Kein Mensch hier um diese Jahreszeit! Erinnerst du dich? Du hast mir selbst erzählt, dass ihr hier eine Hütte habt und eure die einzige mit einer grünen Tür ist. Mädchen sind immer so geschwätzig, hören sich gerne plappern. Das hast du jetzt davon!"
Maj dachte daran, wie Erato ihr und Kelly im vergangenen Sommer immer wieder eingeschärft hatte, das Gespräch mit den Kunden und Kundinnen zu suchen. „Wenn sie ein bisschen plaudern können, kommen sie noch lieber wieder. Die brauchen nicht nur ein Essen. Sie wollen Unterhaltung. Wenn sie sich wohlfühlen, springt umso mehr Trinkgeld für euch raus." Und Maj hatte geredet. Mit Hawe.
Hawe warf Majs zitternden Körper über seine Schultern. „Mach keine Sperenzchen!", warnte er. Wie sollte sie auch. Sie war von oben bis unten verschnürt!

Und die Angst, diese grauenhafte Angst, ließ all ihre Willenskraft erlöschen.

Er schob das niedrige Eingangstor auf. Maj erinnerte sich, dass es in der Kolonie jedes Jahr Knatsch gab, weil einige Mitglieder das Tor verschlossen haben wollten. Viele allerdings vergaßen zuzusperren, wenn sie das Gelände verließen.

Verstört ließ Maj den Blick über die dunklen Gärten schweifen. Im Herbst war alles verlassen. Spätestens im Oktober machten die Leute hier ihre Gärten winterfest. Dann gab es keine gemütlichen Abende mehr in den Lauben. Keine Lagerfeuer, keine Grillwürste. Nirgendwo flackerte ein Licht.

Hawe kannte sich aus. Maj hätte die Augen schließen können – den Weg zu ihrer Hütte hatte sie nur zu gut im Gefühl. Eine Minute später schloss er die Tür auf und kippte Maj wie einen Sack Müll auf das alte Sofa unter dem Fenster.

„Glaub nur nicht, dass ich das Klebeband abmache!", drohte Hawe, während er die Tür hinter sich sorgfältig verschloss und eine Taschenlampe aus seiner Jacke nahm. Hatte er den Ersatzschlüssel gefunden? Maj konnte nicht mehr klar denken. Es war auch ganz egal, wie er dazu gekommen war. Denn Hawe führte absolut nichts Gutes im Schilde. Wozu hatte er sie hergebracht? Majs Herz galoppierte. Sie wollte hier raus. Sie wollte nach Hause, zu Mats, zu Kelly – irgendwohin, wo sie in Sicherheit war. Das alles war ein böser Traum. Wäre sie nicht von zu Hause fortgelaufen, hätte Hawe sie in Ruhe gelassen. Hätte daran geglaubt, dass sie sich an sein Gesicht nicht erinnern konnte. Sie hätte der Polizei gegenüber einfach weiter geschwiegen. Aber stattdessen musste sie überall herumforschen.

„Dir ist kalt, aber keine Angst, das ist gleich vorbei." Hawe grinste blöd. Im Licht der Taschenlampe, die er auf dem Tisch abgelegt hatte, sahen seine Züge verzerrt aus. „Weißt du, wie die Teenies sich gerne umbringen? Wenn sie Selbstmord begehen wollen, aus Liebeskummer und so? Und du hast doch Liebeskummer, oder?" Maj schüttelte wie wild den Kopf. Panik flutete durch ihren Körper. Sie bekam kaum noch Luft. Ihre Nase lief. Sie wollte nicht ersticken!
„Liebeskummer ist hart. Sie hat mich betrogen, die Lucia. Mit einem anderen. Dabei hatte sie mir

ewige Liebe versprochen. Und plötzlich war sie mit dem anderen Kerl unterwegs!" Hawe presste die Zähne zusammen. Hart traten seine Wangenknochen hervor. „Das war ein Schlag. Ich konnte es nicht auf mir sitzen lassen. Verstehst du?"

Maj verstand. Hawe wollte sich an dem Mann rächen, der ihm die Freundin ausgespannt hatte. Hatte ihm ein Messer in den Bauch gerammt. Nach der Tat hatte er versucht, sein Leben weiterzuleben, als wäre nichts gewesen, um nicht aufzufallen. War zur Arbeit gegangen und auf einen Snack zu Erato. Doch dummerweise hatte Maj ihn gesehen. Und wiedererkannt!

Sie riss an den Fesseln, die ihre Hände zusammenhielten. Ihr ganzer Körper bebte vor Kälte und Angst.

„Du hältst jetzt schön still!", befahl Hawe. „Ich mache deine Hände los und binde sie dir vorne zusammen. Keine krummen Dinger!"

Maj versuchte, sich zu wehren, aber es hatte keinen Zweck.

Hawe hielt sie wie in einem Schraubstock.

Wie hypnotisiert starrte sie auf den Kabelbinder, mit dem Hawe ihre Hände vor ihrem Bauch fesselte. „Teenies schneiden sich die Pulsadern auf, wenn sie Liebeskummer haben und nicht mehr leben wollen!"

Was für ein Quatsch, dachte Maj. Sie würde das auf gar keinen Fall tun. Und ihre Freunde, sogar ihre Mutter wussten das. Sie würden niemals an Selbstmord glauben.

Hawe griff in die Innentasche seiner Jacke. Jetzt kam das Messer zum Vorschein. Als stünde sie noch einmal im Regen auf dem Parkplatz, sah Maj die Klinge in seiner Hand aufblitzen. Wie in ihren Albträumen schnellte diese Hand auf sie zu.

„Später mache ich dir das Klebeband ab", sagte Hawe. „Wenn du so schwach bist, dass du nicht mehr schreien kannst. Dann liegst du nur noch da und schläfst einfach ein. Wirst sehen, es ist wie einschlafen."

„Nein, nein, nein!", wollte Maj schreien, und erschrak vor dem dumpfen Stöhnen, das sich aus ihrem Hals rang.

Hawe lachte. „Siehst du, habe ich doch recht, dir das Klebeband nicht jetzt schon abzumachen." Er schob Maj unsanft zur Seite und setzte sich zu ihr auf die Liege.

Draußen, im Garten, knackte ein Ast. Laut.

Wie ein Pistolenschuss.

Hawe sah auf.

Noch ein Knacken. Maj strengte ihre Ohren an. Sprach da jemand? Sie glaubte, zwei Stimmen zu hören. Aber sie war sich nicht sicher.

Konnte Kelly sie aufgespürt haben? Hatte sie mitbekommen, was passiert war? Vielleicht hatte sie die Polizei gerufen! Bitte, lieber Gott, lass Kelly die Polizei gerufen haben.

Hawe sprang hoch und griff nach der Taschenlampe. Das Licht erlosch. Die Hütte lag in Dunkelheit. Nur der Mond schien durchs Fenster. Hawe stand neben dem Tisch, das Messer in der Hand. Sprungbereit. Dann knallte etwas gegen die Tür. Maj schien es, als schwanke das ganze Gartenhäuschen.

„Halt!", schrie Hawe und hob das Messer.

„Ich habe eine Geisel. Ich bringe sie um."

Maj überlegte nicht lange.

Sie warf sich zur Seite und rutschte von der Liege. Der Aufprall tat weh, aber sie achtete nicht auf den Schmerz. Sie zog die gefesselten Beine an und stieß mit aller Kraft die Füße gegen Hawes Knie. Er fiel um und stieß sich den Hinterkopf an der Tischkante.

Das Messer schoss quer über den Boden und landete irgendwo in der Ecke beim Gasofen. Erneut rumste etwas gegen die Tür.

Hawe lag bewegungslos auf dem Boden.

Immer heftiger stieß Maj mit ihren Füßen gegen
den Tisch, gegen die Liege. Sie wollte Lärm
machen, ehe Hawe zu sich kam und sein Messer
wiederfand.

Mit einem lauten Krach splitterte der Türrahmen.
Die ganze Tür stürzte in die Hütte. Mit ihr zwei
Menschen. Der eine, kleinere, war Nachbar Otte.
Einer von denen, die immer ganz genau
beobachteten, was Sache war. Und der andere,
ein langer, schlacksiger – war Mats!
Otte warf sich auf Hawe und hielt ihn fest.
Mats kam zu Maj, riss ihr das Klebeband ab.
Maj schrie auf. Sie meinte, ihre Lippen gingen
in Fetzen. Aber das war jetzt nicht mehr wichtig.
„Mats!", flüsterte sie. „Er wollte mir die Pulsadern
aufschneiden."
„Den habe ich heute doch schon mal hier
gesehen!", murrte Otte im selben Augenblick.
„Trieb sich in der Kolonie rum, hat wohl gedacht,
keiner bemerkt ihn. Da hat er sich geschnitten.
Ich tapeziere bei mir drüben. Bin schon die
ganze letzte Woche hier. Mir entgeht nichts."
„Wir müssen die Polizei rufen", sagte Maj.
Endlich hatte Mats sein Taschenmesser gefunden
und die Kabelbinder zerschnitten. Vorsichtig half

er Maj auf das Sofa. Entsetzt sah Maj auf ihre Hände. Die Fesseln hatten tief eingeschnitten, die Haut war ganz wund. Ihr war unsäglich kalt. Aber alles war gut. Sie lebte. Und Otte hatte unterdessen Hawe mit Blumendraht verschnürt und so unschädlich gemacht.

Von der Straße her hörten sie ein Martinshorn.
„Hat Otte die Polizei gerufen?", fragte Maj.
„Nee!", wiegelte Mats ab. „Keine Ahnung, wo die auf einmal herkommen." Er verzog das Gesicht zu einer unzufriedenen Grimasse.
„Und du? Wie kommst du hierher?", bohrte Maj weiter.
„Ich habe hier rumgeschnüffelt. Bin euch gefolgt – ach, das ist eine lange Geschichte. Und dann spürte mich dieser Nachbar auf. Aber er war schnell von Begriff. Ich hab ihm klargemacht, dass du in Gefahr bist, und dann hat er mir eure Hütte gezeigt. Wir haben einen riesigen Scheit von seinem Feuerholz geschnappt und eure Tür aufgebrochen."
Maj machte sich ganz klein auf dem Sofa.
Mats legte ihr seinen Parka um. „Zu kalt, um im Schlafanzug rumzulaufen", bemerkte er lässig.
Und dann war die Hütte plötzlich überfüllt.

Kommissar Weber, Kelly und mehrere Polizisten in Uniform drängten sich hinein.

„Sieh an", sagte Weber, während er sich erstaunt die Glatze rieb, „das vermisste Mädchen."

KAPITEL 13

Maj kaute an dem Schokoriegel, den Weber ihr in die Hand gedrückt hatte. Der Kommissar wirkte ganz o.k. Nicht so bedrohlich wie neulich. Aber nach der Sache mit Hawe und seinem Messer konnte sowieso nichts anderes mehr wirklich gefährlich sein.

„Heute ist doch glatt seine Ex bei uns im Kommissariat aufgekreuzt", posaunte Weber.

„Hat eine Aussage gemacht. Dass sie Hawe im Verdacht hat, ihren neuen Freund abgestochen zu haben. Aus Eifersucht! Das hätte sich die Dame auch vorher mal überlegen können!"

Die Polizisten führten Hawe ab. Er war zwar bei Bewusstsein, aber noch wackelig auf den Beinen.

„Aber sie meinte, ihr war erst mal nur wichtig, dass ihr Freund wieder gesund wird. Und über den Täter hätte sie sich gar keine Gedanken gemacht, bis ihr ein Mädchen das Phantombild unter die Nase gehalten hat."

Also doch, dachte Maj und knüllte das Schokopapier zusammen. Hat sie mich doch angelogen, die Frau mit den Locken!

Kelly hockte neben Maj auf der Liege. Beide hatten sie sich unter eine Decke gekuschelt. Kelly war warm wie ein Ofen.

„Woher wusstest du, wo Hawe mich hinge-schleppt hat, Mats?", wollte Maj wissen.

„Das ist kein Geheimnis", sagte Mats. „Ich habe meine Augen und Ohren eben überall. Hawe hat gedacht, er kann mich linken. Spionierte bei meinem Unterschlupf herum. Aber in Wirklich-keit habe ich mich an seine Spur gehängt."

„Ich habe mitgekriegt, wie du über das Sims geklettert bist, und bin dir nach", sagte Maj.

„Kurze Zeit später hat Hawe mich attackiert."

„Ich habe ihn eine Weile aus den Augen verloren", gestand Mats zerknirscht.

„Du hast ihn verfolgt? Den ganzen Sonntag?", schaltete Kelly sich ein.

„Sag ich doch: Mats, der Superdetektiv."

Er feixte. „Ich bin zum Imbiss. Treffer: Hawe hockte dort ziemlich lange rum. Ich bin natürlich nicht reingegangen, ich habe von der anderen Straßenseite aus geguckt, was er macht. Gib mir mal ein Stück Schokolade ab."

Maj brach den Riegel in der Mitte durch und reichte Mats eine Hälfte.

„Dann habe ich beobachtet, wie zwei Bullen auf den Imbiss zugingen. Die haben sich noch wer weiß wie laut unterhalten. Dass sie das ganze Viertel abklappern. Mit dem Phantombild in der Faust. Dass sie ihn früher oder später finden. Dann gingen die durch den einen Eingang in den Imbiss. Und rate, wer zeitgleich durch die andere Tür rauskam."

„Hawe", seufzte Maj.

„Ganz genau. Also bin ich ihm weiter auf den Fersen geblieben. Er hat gar nicht auf mich geachtet. Aber dann", gierig schluckte Mats seine Schokolade hinunter, „wurde es spannend. Denn Hawe wusste ganz genau, wo Kelly wohnt. Ich denke mir: Warum hängt der vor so einer schicken Villa rum?"

„Moment!" Maj hob die Hand. „Hawe hat ein Auto. Willst du mir erzählen, du wärst hinter ihm herspaziert?"

„Easy!" Mats rollte die Augen. „Nein, im Ernst: Ich habe einen Roller. Altes Teil, kein Profil auf den Reifen und so. Aber nützlich. Und im Stadtverkehr kam Hawe nicht so schnell vorwärts."

„Wo hast du denn einen Roller her?"

„Hm, sagen wir, ich habe ihn von jemandem ‚geerbt'", antwortete Mats. „Ich habe mich also vor der Villa postiert, und irgendwann, am späten Nachmittag, als mein Hintern schon fast

blaugefroren war, sehe ich euch beide in dem
Schuppen einlaufen. Da habe ich ja fast gedacht,
du hast mir nur was vorgespielt, Maj! Von wegen
abhauen und so. Ihr habt's euch im Warmen
gemütlich gemacht, und Hawe blieb draußen
und wartete ab. Also bin ich auch geblieben.
Tja, irgendwann in der Nacht sehe ich ihn dann
plötzlich aus der Villa taumeln, mit dir über der
Schulter. Er kippt dich in seinen Wagen wie einen
Sack Müll. Ich hinterher. Den Rest kennst du."
„Woher konnte er wissen, wo ich wohne?",
fragte Kelly erstaunt.
„Wahrscheinlich hast du es ihm im Imbiss mal
erzählt. Wie ich ihm von unserem Schrebergarten berichtet habe", vermutete Maj.
„Er hatte Maj nicht aus den Augen gelassen",
überlegte Mats weiter. „Er muss euch irgendwo
zusammen gesehen haben."
„Genau!" Maj nickte. „Kelly, du und ich, wir
haben uns vor dem S-Bahnhof getroffen. Er hat
das gesehen und gehofft, dass du mich mit zu
dir nehmen würdest."
„Ich bin aufgewacht, weil ich dich schreien
hörte", sagte Kelly. „Dann kam ich runter in
die Halle. Die Tür stand offen. Und einer von den
Hausschuhen, die ich dir geliehen hatte, lag auf
der Veranda. Draußen auf dem Gartenweg der

zweite. Da habe ich deine Mutter angerufen."
Kelly sah schuldbewusst drein. Doch Maj war
nur unendlich dankbar, dass Kelly das einzig
Richtige getan hatte.

Als Majs Mutter wenige Minuten später
auftauchte, gab es eine ziemliche Aufregung.
Sie wollte Maj umarmen, und Maj wehrte sich
ein bisschen. Wenn sie mich jetzt fragt, warum
ich mich abgeseilt habe, dachte Maj, dann geht
wieder alles von vorn los. Der ganze Stress.
Doch Majs Mutter sagte eine Menge anderer
Dinge. Wie froh sie war, dass Maj nichts passiert
war. Dass sich schon alles einpendeln würde.
Und ob es für Maj in Ordnung wäre, wenn sie
jetzt mit ihr nach Hause käme.
„Klar", sagte Maj. „Übrigens: Das ist Mats."
„Hallo!" Die Mutter gab dem Jungen die Hand.
Mats grinste verlegen.
„Schule ist heute wohl nicht drin, oder?" Sie sah
auf die Uhr. „Fast sechs Uhr morgens. Erstmal
schläfst du dich aus, und dann erzählst du mir
alles, o.k.?"
Maj nickte und wechselte einen Blick mit
Kelly und Mats. Ihre Mutter hörte sich heute
ungewohnt behutsam an. Als wollte sie Maj

auf keinen Fall in den ersten Minuten nach ihrem Wiedersehen auf den Keks gehen.

„Sag mal", fragte die Mutter, „willst du deine Freunde nicht für heute Nachmittag zu uns einladen, Maj?"

„O.k.", antwortete Maj.

Kurz darauf brachen sie auf.

„Du, Maj", begann Mats vorsichtig. „Ich weiß nicht, ob ich bei euch aufschlage. Das ist nicht mein Ding. Aber du weißt ja, wo du mich findest. Wenn du mal chillen willst."

„Easy", nickte Maj.

„Das Wichtigste ist doch: Wir haben den Typen geschnappt", grinste Mats. „Oder?"